D1799318

WIZZLE
Chronik I - Das Haus der Hölle

Klaus Maria Müller-Hoberg

Wizzle Chronik 1

Das Haus der Hölle

Fantasy

Bibliografische Information der Deutschen
Nationalbibliothek:
Die Deutsche Nationalbibliothek verzeichnet diese
Publikation in der Deutschen Nationalbibliografie;
detaillierte bibliografische Daten sind im Internet über
http://dnb.dnb.de abrufbar.

© 2020 Klaus Maria Müller-Hoberg

Korrektorat und Lektorat: Bogus

Cover: Klaus Maria Müller-Hoberg und Sovin Manuel

Illustrationen: Klaus Maria Müller-Hoberg

Herstellung und Verlag: BoD – Books on Demand,
Norderstedt

ISBN: 978-3-7519-1607-3

Einführung
(Oder auch: „Das kleine Junker – Einmaleins")

Liebe Leserin, lieber Leser,

Sie werden in eine magische, vielleicht schon klischeehafte Welt, genannt „Rakomir", eintauchen, eine Welt voll unterschiedlichster Wesen. Das Weltgeschehen wird ausschlaggebend von Göttern, aber auch Magiern beeinflusst, wobei die Götter sich ausschließlich passiv verhalten und normalerweise nicht aktiv ins Weltgeschehen eingreifen. Sie sind, könnte man sagen, die Fädenzieher.
Die Magier beherrschen meist eines von acht möglichen astralen Elementen und sind von normalen Menschen hoch angesehen. Manche unter ihnen werden Junker genannt und reisen durch das Land auf der Suche nach Monstern und Artefakten.

Das Besondere an Monstern ist, dass ein Großteil von ihnen kaum Verstand besitzt, und in erster Linie auf Gewinn, Mord und Fortpflanzung aus ist. So können Junker auch ungehindert auf Jagd gehen und für den Tod der meisten Monstern und Kreaturen auch nicht angeklagt werden, soweit die Annahme der Allgemeinheit. Doch was springt für die Junker dabei raus? Nun, das ist ganz einfach: Sobald ein Monster stirbt, fährt seine Seele an einen Ort, der „das Haus der Hölle" oder auch „das schwarze Haus" genannt wird, oder die Seele des Monsters manifestiert sich zu einem Gegenstand und erscheint neben oder an Stelle der erlegten Bestie. Hierbei können die merkwürdigsten

7

Dinge erscheinen: von leeren Gläsern Marmelade bis hin zu mörderischen Schwertern!

Ich wünsche viel Spaß beim Lesen! Falls man die acht Octamagier, die man im Folgenden kennenlernen wird, nochmal genauer unter die Lupe nehmen möchte, dann kann man das im letzten Kapitel dieses Buches tun (Achtung, Spoiler-warnung ist gegeben)!

In der Hoffnung, dass Ihnen das Buch gefallen wird, LAGUZ GEBO!

~Klaus M. Müller-Hoberg

Übersicht über die wichtigen Charaktere

Ordensmagier der Octa ersten Ranges
    Richard Cliff: Leeremagier
    Arnt Cliff: Naturmagier
    El Artren: Lichtmagier
    Erea Haruki: Finsternismagierin
    Darvon Dorian: Windmagier
    Ariagon Carduin: Erdmagier
    Adria Baldar: Wassermagierin
    Rebecka Faris: Feuermagierin

Ordensmagier der Octa zweiten Ranges
    Meister Älos: Windmagier
    Will Gray: Windmagier

Ritter des dunklen Bundes: Ritterorden, der vom bösen Herrscher Nizedir Crime in die Welt berufen wurde

Sarios Simba: Fürst Ny-Azh-Naduurs

Jin Dooza: Königin der Eulen, Finsternismagierin
Iro: Schmied

Vorgeschichte

„Was soll das?", ärgert sich Iro, als einige Männer mit schwarzer Rüstung und Schwertern in seine Schmiede stürmen. Seine braunen Haare kleben an der schweißnassen Stirn. Er trägt bloß eine kurze und verschlissene Hose. Sein Oberkörper ist muskulös und von Ruß und trockener Erde bedeckt. Das heiße Schmiedefeuer lodert und dampft und verströmt eine stickige Luft. Die Männer in den schwarzen Rüstungen müssen husten, weil sie an diese trockene Luft nicht gewöhnt sind.

„Bist du der Schmied Iro?", fragt einer von ihnen.

Iros Bauch sagt ihm bereits, dass diese gepanzerten Gestalten nichts Gutes im Schilde führen. Er wendet sich ab vom Schmiedefeuer und spricht zu den Männern, das glühende Schwert noch in Händen haltend: „Wer will das wissen?"

„Kein Grund zur Sorge", meint der bärtige Mann, der ihm am nächsten steht. „Komm mit uns und du wirst nicht verletzt."

Iro wirft einen genaueren Blick auf die schwarzen Rüstungen der Männer. Nie zuvor hat er Rüstungen wie diese gesehen.

„Was läuft hier?", fragt er.

„Du darfst entscheiden: Die leichte oder die harte Tour", sagt ein sehr grimmig dreinblickender Mann der Gruppe.

„Ruhig, ruhig, Fred. Er wird uns einfach folgen und dann passiert ihm schon nichts", spricht der Bärtige wieder. „Richtig, Iro?"

„Woher…?"

„Das spielt keine Rolle."

„Ich habe nichts verbrochen", entgegnet Iro.

„Haben wir nicht behauptet", erwidert der Mann und befördert Iro mit einem unerwartet schnellen Kinnhaken zu Boden. „Nehmen wir ihn mit"

Der ohnmächtige Iro wird nach draußen verschleppt und hinten auf eine Pferdekutsche geworfen.

„Welcher war der letzte Ort, an dem man sie sah?", fragt der bärtige Mann.

„Jin Dooza? Sie nutzt die Wälder, um sich zu verstecken und nicht gesehen zu werden, doch sie soll vor einem Tag in den südlichen Wäldern, nahe der Burg Rabensang gesichtet worden sein, Kommandant Boris", entgegnet der Mann namens Fred.

Der Bärtige scheint also Kommandant Boris zu heißen. Nachdenklich kratzt sich der Kommandant am Kinn.

„In welche Richtung war sie unterwegs?"

„Süden", meint einer der anderen Männer. Da klart der Blick des Kommandanten auf.

„Sie will nach Lignum… ja, natürlich! Ihr beiden, sattelt die Pferde. Ihr kommt mit mir, wir werden sie abfangen. Ihr anderen, sucht dort, wo Jin Dooza zuletzt gesichtet wurde, vielleicht will sie doch woanders hin. Im Notfall sucht ihr ihre Spuren! Den Schmied nehme ich mit. Bindet ihn an eines der Pferde!", befiehlt der Kommandant aufgeregt. Dann teilt sich die Gruppe: Kommandant Boris reitet Richtung Süden, begleitet von Fred und einem weiteren Mann namens Kevin.

Nach einem halbtägigen Ritt sind sie an den Rand des Waldes gelangt. Sie steigen von den Pferden und binden sie an drei Bäumen fest. Daraufhin entzünden sie ein Feuer und setzen sich auf einen Buchenstamm, den sie herangezogen haben.

„Ich hab gehört, sie soll die Magie der Finsternis meisterlich beherrschen!", meint Fred und durchbricht die Stille, die beim Warten am Lagerfeuer entstanden ist.

„Wirklich?", fragt der bärtige Kevin. „Ich habe gehört, sie soll die erste Schülerin des Gottes Wizzle höchstpersönlich gewesen sein!"

„Das ist doch Quatsch", meint Kommandant Boris und nimmt einen Schluck aus seinem Wasserbeutel. „So etwas wie Götter gibt es nicht und Jin Dooza ist nichts weiter, als eine gewöhnliche Magierin."

Die Männer ignorieren den Kommandanten, der auf dem Rücken liegt und die aufziehenden Sterne beobachtet und tauschen weitere Erzählungen um Jin Dooza miteinander aus.

„Man sagt auch, sie soll sich in eine riesige weiße Eule verwandeln können", meint Kevin.

„Und nicht nur das, als Mensch soll sie sehr attraktiv sein!", erwidert Fred.

„Wirklich?"

„Wenn ich es doch sage! Aber sie ist eine Rose… Hinter der Schönheit versteckt sich eine kämpferische Natur!"

Beide lachen und stoßen die Köpfe aneinander – das scheint wohl ein Brauch bei den beiden zu sein.

„Na dann gut, dass wir die besten sind", sagt Kommandant Boris griesgrämisch und schließt die Augen, um etwas zu schlafen. Das Firmament hat sich ein ganzes Stück bewegt, als dann mitten in der Nacht ein knackendes Geräusch im Dunkeln des Waldes ertönt…

Einer der Männer schreckt auf: „Was war das?"

„Sie", sagt der Kommandant nur, springt auf und bindet

Iro vom Pferd. Dieser ist mittlerweile zu sich gekommen. Ihm brummt der Schädel. Kommandant Boris wirft ihn auf die Knie und hält ihm ein Schwert an den Hals.

„Ihr verdammten Hunde! Wehe ihr krümmt Jin auch nur ein Haar!", brüllt Iro.

„Wir werden sehen… es kommt ganz darauf an, ob deine Freundin Jin Dooza das tut, was wir wollen, oder nicht", erklärt der Kommandant und geht sich durch seinen kurzen Bart. Er kneift die Augen zusammen, um etwas in der Dunkelheit zu erkennen. Um festzustellen, ob das Knacken wirklich durch Jin Dooza verursacht wurde…

„Tötet ihn", sagt Kommandant Boris dann urplötzlich, ohne dass sich irgendein Grund dafür erkennen ließe. Etwas verwirrt zieht Fred sein Schwert und holt damit nach Iros Kopf aus.

Dann hört man eine Stimme aus dem Dunkeln des Waldes ertönen: „Lasst ihn gehen!"

Kommandant Boris lacht: „Du bist weicher als ich dachte… Jin Dooza."

Eine Frau mit schwarzem Haar tritt aus dem Gebüsch hervor. Neben dem lila Schimmer ihrer Haare sind ihre grünschwarzen Augen mehr als einnehmend. Ihre Kleidung ist dreckig und zerrissen und sie scheint sehr erschöpft zu sein.

„Jin? Was ist passiert? Was machst du hier?", fragt Iro.

„Sagte ich ja!", meint Kevin, „Sie sieht echt bombig aus…"

„Psssscht! Haltet jetzt die Schnauze!", befiehlt Kommandant Boris und widmet sich wieder Jin Dooza.

„Das tun wir, doch dafür musst du uns eine Kleinigkeit geben."

„Niemals!", sagt sie und versucht ruhig zu bleiben.

Doch ihre Hände zittern und ihre Blick ist hektisch. Kommandant Boris lächelt nur böse und schneidet mit dem Schwert an Iros Hals entlang, sodass etwas Blut hervortritt. Jin weicht einen Schritt zurück.

„Gib sie ihm nicht, gib sie ihm nicht!", ruft Iro verzweifelt.

„Wenn du sie uns nicht gibst", sagt Kommandant Boris und seine Augen weiten sich ein wenig, „dann stirbt er."

„Mein Leben ist es wert! Die Schriftrolle muss beschützt werden, das hast du mir doch immer gesagt, Jin!", sagt Iro. Noch immer denkt Jin Dooza nach, was sie tun soll. Dann greift sie unter ihren Mantel, zögert und holt eine Schriftrolle hervor.

„Hier ist sie, die Raelka-Schriftrolle", sagt Jin. „Woher weiß ich, dass ihr ihn gehen lasst, wenn ich euch die Schriftrolle gebe?"

„Welche Wahl hast du denn?", fragt der Kommandant.

„Diese", sagt Jin und sie streckt die Hand aus.

Auf der Stelle werden die Augen der Männer schwarz und sie erblinden, wenn auch nur für die Dauer des Zaubers.

„Verfluchte Teufelsbrut!", brüllt der Kommandant und schlägt um sich, wobei er Iro ins Gesicht schlägt. Der junge Schmied kippt um und landet mit dem Kopf im Matsch.

„Das habt ihr davon, wenn ihr Jin Dooza auflauert! Iro, geht es dir gut?", fragt Jin und schreitet zu Iro. Sie kniet neben ihm nieder und hilft ihm auf.

„Jin, Vorsicht!", ruft Iro, als er ihr über die Schulter schaut. Doch die Warnung kommt zu spät. Jins Sinne waren getrübt von der Sorge um Iro, und nun zahlt sie den Preis für ihre Unaufmerksamkeit. Zwei Männer stürzen sich von hinten auf sie und legen ihr magiefeste

Vollhandschellen an. Das müssen die Männer sein, die Kommandant Boris zuvor in die andere Richtung geschickt hatte, um Jin Doozas Spuren zu verfolgen…

Jins Zauber verfliegt noch in dem Moment, in welchem sich die Handschellen um ihre Hände schließen. Die Schriftrolle fällt zu Boden.
„Ihr sagtet, dass ihr ihn freilassen würdet!", beschwert sich Jin Dooza. Der Kommandant lächelt daraufhin böse und hebt die Schriftrolle auf.
„Aber nie wann und wo…", erwidert er und Jin Dooza wird bewusstlos geschlagen.
„Nein, Jin!", ruft Iro.
„Und du, du wirst unser Druckmittel bleiben!", sagt Kevin und grinst blöd.
„Damit werdet ihr nicht durchkommen! Ihr handelt gegen den Willen des Gottes Wizzle!", entgegnet Iro.
„Ihr Fanatiker... es gibt keine Götter. Es gibt nur Stärke und Schwäche", sagt Kommandant Boris und wendet Iro den Rücken zu.
„Was machen wir jetzt mit ihnen?", fragt Kevin den Kommandanten.
„Wir bringen sie nach Azbalon,… *er* wird sich ihrer annehmen", sagt Kommandant Borris und lacht heimtückisch.

Kapitel 1
30 Jahre später

Wir befinden uns in der großen Stadt Calabra. Ich für meinen Teil glaube, dass man von einem Ort eine viel bessere Vorstellung gewinnt, wenn man nicht bloß von ihm selbst berichtet, sondern ihn durch die Umgebung Form annehmen lässt. So wachsen nördlich von Calabra prächtige Wälder, die Credo-Wälder, an deren östlichen Grenzen in der Nähe des Flusses Lenuel die Stadt Ny-Azh-Naduur liegt. Südlich von Calabra ist das Meer, hinter dem sich, nach vielen Dutzend Meilen erst, das gebirgige Festland fortsetzt. Calabra selbst liegt an einer äußerst engen Meerpassage, auch *der Pass von Calabra* genannt, dem bereits viele Handelsschiffe zum Opfer fielen. Um über die See nach Calabra zu gelangen, benötigt man eine mehr als fähige Mannschaft und detaillierte Karten, insbesondere aufgrund des gigantischen Strudels, dessen Strömung bereits an der Küste im knietiefen Wasser spürbar wird. Somit ist es ratsam, die Passage zu meiden. Außerdem liegt Calabra recht abgelegen im Nord-Westen Rakomirs und der Landweg dorthin ist beschwerlich und eben so wenig ratsam.

Früher war Calabra jedoch eine Stadt, die vom Handel mit anderen Städten lebte, auch wenn es schwer zu glauben fällt. Doch dies war vor dem Erscheinen des Strudels und auch vor dem Erdbeben, welches Netrak entzweite... Wie lange diese Zeit bereits zurückliegt! Wegelagerer, die für wenige Silberstücke auch schon mal das Messer zücken, sind seit einigen Jahren keine Seltenheit mehr. Daran ist Calabra verkommen und zu einer Stadt voll zwielichtiger Gestalten geworden. Alleine der Orden der magischen Octa residiert unbeirrt weiter in der Stadt und hält diese am Leben. Dieser Orden setzt sich zusammen aus mehreren Magiern. Acht von ihnen bilden den inneren Zirkel, die Magier ersten Ranges. Ein jeder der Magier ersten Ranges besitzt eine andere Ausprägung der Magie und hat diese studiert. Jedoch sind die meisten Mitglieder momentan noch sehr jung und unerfahren und der Orden ist klein.

Die untergehende Sonne scheint heute durch das große, runde und bunt verzierte Fenster des Ordensgebäudes und lässt den Saal, in dem sich die acht Ordensmitglieder des inneren Zirkels an einem großen runden Tisch versammelt haben, in vielen bunten Flecken erstrahlen. Der runde Tisch ist aus massiver Eiche und mit acht Kelchen gedeckt, die ordentlich in gleichen Abständen auf diesem stehen. In der Mitte des Tisches stehen drei große Kerzen, die unterschiedlich weit heruntergebrannt sind.
Jeder Magier sitzt in seinem ganz eigenen Stuhl und jeder Stuhl ist ungewöhnlicher als der andere: Einer besteht aus Zweigen und Lianen, ein anderer aus leuchtendem Kristall, einer aus kantigem Gestein, ein anderer aus Wasser. Die eine sitzt in Flammen, während der andere sich von einem Luftzug tragen lässt. Einer sitzt in der Leere und eine weitere Person sitzt in einem kleinen Thron, der in einer lilaschwarzen Aura zu brennen scheint.
Dann legt der Mann, der in der Leere zu sitzen scheint, seine flache rechte Hand auf seine linke Brust. Die anderen tun es ihm nach. „Hiermit erkläre ich die Zweitausenddreihundertsechsundfünfzigste

Ratssitzung des Ordens der magischen Octa für eröffnet", sagt er und nimmt die Hand wieder runter. Erneut folgen die anderen seinem Beispiel. Der Name dieses Magiers ist Richard Cliff. Er ist sechsundzwanzig Jahre alt und beherrscht das Element der Leere. Er ist der Kopf der Octa-Magier. Seine hellgrauen Augen machen einen leeren Eindruck und weiße Haare sitzen zerzaust auf einem kantigen, aber gutaussehenden Gesicht. Selbstredend ist es ungewöhnlich, dass ein Mann dieses Alters weiße Haare hat. Das lässt sich folgendermaßen erklären: Manchmal haben Menschen mit sehr starken astralen Kräften höchst eigenartige Verfärbungen im Haar oder in den Augen. Dies muss nicht zwangsläufig sein, ist bei Richard aber eindeutig der Fall. Unter einem langen Rauledermantel mit vielen Taschen hat er einen breiten Ledergürtel, an dem ein Langschwert aus Kristall in einer Scheide an seiner linken Hüfte ruht. Dieses Schwert ist eine der 20 legendären Waffen, das sogenannte *Kristallschwert der Leere* oder auch *Christak*. Die legendäre Waffe Nummer elf, ein äußerst mächtiges Artefakt.

„Weswegen genau haben wir uns heute hier versammelt?", fragt eine weitere

Person. Es ist Ariagon Carduin. Seine braunen Haare sind schulterlang geschnitten und einige Strähnen hängen vor seinem Gesicht, die er ab und an mit der Hand aus diesem wegzuwischen pflegt. Ariagon ist 43 Jahre alt und äußerst muskulös, seine Hände erscheinen wie Pranken. Er trägt eine Rüstung, etwas eingedellt und nicht großartig verziert. Seine astrale Kraft beruht auf dem Element der Erde.

„Es geht um eine alte Legende, nein, es ist vielmehr eine Erzählung, der kaum Glauben zu schenken war. Neulich jedoch kam ein Bote aus Ny-Azh-Naduur. Er ist zwei Tage und zwei Nächte fast pausenlos geritten und hat sein Pferd an den Rand des Todes geführt, um uns die Nachricht zu überbringen.", antwortet Richard Cliff.

„Wie lautet sie?", fragt El Artren. Er ist ein Halbalb vom Volke der Lichtalben. Ein Volk, das im Nordosten des Landes Rakomir haust, versteckt in den Wäldern und vor der Welt. Für gewöhnlich besitzen Alben eine schwache Naturaffinität, doch nicht so El Artren. Er wurde als Lichtmagier geboren. Seine Haare sind lang und blond. Er ist 110 Jahre alt. Das albische Blut, das durch seine Adern fließt, verleiht ihm ein längeres Leben, obgleich nicht so lang, wie wenn er durch und durch Alb wäre. Er trägt einen weißen Mantel, der von goldgelben, geschwungenen Streifen durchzogen ist.

Der Magier, der im Baumstuhl sitzt, erhebt sich.

„Arnt?", fragt El Artren den Magier, der sich gerade erhoben hat. Der ganze Name ist Arnt Cliff. Er ist der Bruder von Richard Cliff, dem Anführer ihres Ordens. Er sieht diesem jedoch nicht sehr ähnlich: Arnt hat braunes, kräftiges Haar und grüne Augen. Er ist 23 Jahre alt. Wie sein Bruder Richard trägt er einen langen Rauledermantel mit vielen Taschen. Er beherrscht nicht nur Naturmagie, sondern besitzt, wie sein Bruder Richard, eine der sagenumwobenen legendären Waffen, und zwar den knöchernen Kampfstab, die legendäre Waffe Nummer fünf.

„Die Erzählungen haben sich als Wahrheit entpuppt. Es existiert… das schwarze Haus", sagt Arnt Cliff und stützt sich mit beiden Händen auf dem Tisch ab.

Die Ordensmitglieder schweigen. Sie hatten es insgeheim gewusst, ansonsten gäbe es in der geheimen Abteilung der Bibliothek von Calabra keine Aufzeichnungen über das schwarze Haus…

„Es ist ein Haus des Grauens", sagt Arnt.

„Ein Haus des Verderbens", ergänzt El Artren.

„Das schwarze Haus…", fügt Ariagon Carduin hinzu.

„Das Haus der Hölle", vollendet Richard.

„Woher wissen wir, dass die Informationen vertrauenswürdig sind?", merkt Rebecka Faris an. Sie ist 25 Jahre alt, doch sieht sie um einiges jünger aus. Ihre langen roten Haare reichen ihr bis zur Hüfte und feuerrote Augen scheinen einen alleine mit dem Blick verbrennen zu können. Auch hier erklärt die starke Magie in den Adern der Familie Faris das Rot in ihren Augen. Über die Nase und Wangenknochen verteilt sind ein paar klitzekleine Sommersprossen zu erkennen. Unter ihren Haaren trägt sie ein rot orangenes Stirnband. Die rot-orange-braun gefärbte Tunika ist mit Fuchsfell gefüttert, ein sehr seltenes und teures Gewand, das für Reisen gut geeignet ist und ebenso eine erstaunliche Bewegungsfreiheit im Kampf gewährleistet. Man erkennt schnell: Sie ist Feuermagierin und sie beherrscht die Flammen meisterlich.

„Der Brief, den der Bote überbracht hat, trug das Siegel der Stadt Ny-Azh-Naduur", antwortet Richard.

„Ungeöffnet?", fragt Rebecka. Richard nickt.

„Können wir den Brief sehen?", fragt eine andere Frau. Ihr Name ist Adria Baldar. Sie trägt einen blaugrauen langen Mantel. Ihre Haare sind blond und reichen ihr bis zu den Ellbogen. Sie hat helle, seidenweiche Haut. Ihre Augen schimmern hellblau. Adria ist 22 Jahre alt, schlank und macht einen aufgeweckten Eindruck.

Richard verlässt kurz den Raum durch ein Holztor, das in sein Arbeitszimmer führt. Als er zurückkommt, hält er einen beigefarbenen Umschlag mit rotem, geöffnetem Siegel in Händen.

„Ich habe ihn vor einer Woche erhalten", sagt Richard, „also habe ich euch allen eine Gedankenbotschaft geschickt, um zu besprechen, was unser nächster Schritt sein wird."

Als Magier der Leere hat Richard Cliff unter anderem die Fähigkeit, anderen Gedankenbotschaften zu senden. Richard reicht Rebecka den Brief. Sie faltet ihn auseinander und beginnt zu lesen.

„… Plötzlich erschien ein Haus… mitten auf dem Weg, nahe der Minen…", murmelt sie beim Lesen mit. Dann hält sie kurz inne. „Hört euch das mal bitte an: ein Haus aus schwarzem Holz. Die Fenster und Türen gehen von selber auf und zu und manchmal sieht man… Dinge durch die Luft fliegen? Mir sagt das irgendwie nicht zu."

„Das muss es sein… nur gefällt mir der Teil mit den Minen nicht", sagt Darvon Dorian. Er ist derjenige, der momentan auf einem Windzug im Schneidersitz fliegt, ein Windmagier. Er trägt ein weißes Hemd und hat einen wohlgenährten Bauch.

Obgleich er erst 36 ist, sieht er aufgrund seiner Glatze etwas älter aus, als er eigentlich ist.

„Es ist *das* Haus, keine Frage. Alle Indizien deuten darauf hin. Außerdem scheint einiges mit den Schriftrollen der Bibliothek übereinzustimmen. Der Punkt mit den Minen bereitet mir jedoch auch Sorgen. Keiner, der bei klarem Verstand ist, würde sich dort hinwagen", merkt Rebecka Faris an.

„Aber in das Haus schon? Wir dürfen nicht länger warten, sonst wechselt das Haus den Ort. Außerdem werden sich die Trolle und Orks aus den Minen auch nicht nah an das Haus heranwagen", sagt Erea. Sie war bis jetzt still und hat zugehört. Erea Haruki ist eine Magierin der Finsternis. Ihr schwarzer Umhang scheint mit der lilaschwarzen Aura des Throns, in dem sie sitzt, zu verschmelzen. Sie trägt hohe schwarze Lederstiefel. Schwarze, glatte Haare reichen ihr bis zu den Schultern. Irgendwie macht sie immer einen gelangweilten Eindruck, als wenn jegliche Alltagssituation sie unterfordere. Sie ist zwar erst 18, sieht aber älter aus, was sie nur sehr ungern gesagt bekommt.

„Ich vermute auch, dass die Orks und die Trolle das geringere Problem darstellen. Wenn wir uns nicht beeilen, geschieht es, wie es in den Schriftrollen der Bibliothek steht", erklärt Darvon Dorian. „Das Haus erscheint und verschwindet nach Belieben."

„Worauf warten wir dann noch?", fragt Arnt, der Naturmagier, aufgeregt. Doch manche schauen weniger begeistert drein.

„Ich möchte euch nur nochmal daran erinnern, wovon wir hier reden… es ist das Haus der Hölle. Niemand, der dort hinein ging, kam je lebendig wieder raus. Ausgenommen einige wenige Magier ersten Ranges", merkt Ariagon Carduin, der Erdmagier an. „Vielleicht sollten wir unsere Zeit dem eigentlichen Kampf gegen die Ritter des dunklen Bundes widmen und keinen

Fantasien hinterherjagen an einem Ort, aus dem wir höchstwahrscheinlich nicht mehr lebend rauskommen…"

„Fantasien?", sagt Arnt Cliff, der Naturmagier. „Unser Orden besitzt drei der wenigen legendären Artefakte, deren Aufenthalt noch bekannt ist. Es gibt zwanzig, von denen die meisten bereits seit mehreren Jahrhunderten als verschollen gelten. Jetzt rückt ein weiteres, vielleicht sogar mehrere in greifbare Nähe, da viele dieser Artefakte im Haus der Hölle vermutet werden. Wir müssen die Gelegenheit doch ergreifen!"

„Ich bewundere deine Tapferkeit Bruder, aber Ariagons Bedenken sind nicht unbegründet. Wir könnten Glück haben und es mit unseren legendären Waffen alle unbeschadet hinaus schaffen. Wir könnten aber genauso gut alle sterben. Wie nah diese Möglichkeiten beieinander liegen, ist beängstigend"

„Wir sollten es uns wenigstens ansehen. Ich muss sowieso etwas abspecken", meint Darvon, lacht und massiert sich seinen Bauch. Dann hält er inne.

„Ich bin für eine Abstimmung", befindet er.

„Gut", sagt Richard, „wer ist dafür zu gehen?"

Arnt, Darvon und Erea heben die Hände. Rebecka zögert, zeigt dann jedoch auch auf.

„Und wer ist dagegen?", fragt Richard.

 El Artren, Ariagon und Adria melden sich.

„Dann steht unser Entschluss…"

„Moment", sagt El Artren zu Richard, „was ist mit dir? Deine Stimme zählt doppelt."

Richard blickt ratlos und in Gedanken versunken in die Tiefen seines Kelches.

„Die Artefakte und Waffen, die wir dort bekommen könnten, wären von unschätzbarem Wert für den Widerstand", beginnt er seine Überlegungen laut auszusprechen.

„Genau", sagt Erea Haruki und schaut ernst über den Tisch in Richards Richtung.

„Jedoch… bin ich der Anführer und als Anführer muss ich die Entscheidung treffen, die für mein Volk am besten ist. Das schließt euch mit ein."

„Richard, sei kein Narr!", fällt ihm Arnt in die Rede, „wir riskieren und riskierten oft unser Leben in jedem Kampf, den wir kämpften, in jeder Schlacht, die wir schlugen. Wir alle haben bereits viele Gegner bezwungen und dennoch stehen wir hier vor dir. Als Anführer muss man auch Risiken eingehen und ab und zu etwas opfern für das Wohl der höheren Sache."

El Artren entgegnet: „Es wäre dumm dort hineinzugehen und unsere besten Magier mit ihren legendären Waffen zu verlieren."

„Ja, wenn man stirbt, aber keiner von uns wird sterben. Wir finden das Haus, suchen ein Monster, das eine legendäre Waffe hinterlässt, und gehen durch das Portal einfach wieder hinaus", argumentiert Arnt und verschränkt die Arme.

„Einfach? Sei nicht töricht, nichts daran ist einfach! Woher willst du wissen, dass -", setzt Ariagon an, wird jedoch von Richard unterbrochen, der sich erhebt.

„Gebt mir bis morgen Zeit. Ich teile euch dann meinen Entschluss mit. Falls ich zustimme, brechen wir noch am selben Morgen auf. Packt zur Sicherheit schon mal eure Sachen", sagt er.

„Richard-", setzt Ariagon an.

Dieser hebt jedoch seine rechte Hand und legt sie auf seine linke Brust. Die anderen tun es ihm nach.

„Hiermit beende ich die Ratssitzung des Ordens."

Er blickt einmal in die Runde, stellt bedauernd fest, dass sich unterschiedliche Reaktionen in den

Gesichtern seiner Kameraden abzeichnen, und geht dann ab. Die anderen bleiben noch eine Zeit lang sitzen.

„Oh man", stöhnt Richard zu sich selbst, als er in sein Arbeitszimmer geht und hinter sich die Türe schließt, „nie sind sie einer Meinung…"

Er setzt sich an seinen Arbeitstisch, auf dem allerhand Schriftrollen, Tintenfässer und Wachsflecken vorzufinden sind.

„Und wieder liegt die Entscheidung bei mir."

Kapitel 2

Während unsere Gruppe von Magiern sich im Ordensgebäude Calabras bespricht, befindet sich der Adel in Ny-Azh-Naduur, nordöstlich von Calabra, in hellster Aufregung.

Der Thronsaal wird von vielen Fackeln hell erleuchtet. Der Thron selber steht auf einer treppenartigen Erhöhung. An den Wänden hängen große blaue Banner mit dem Wappen der Stadt: ein Burgturm mit einem Horn und einem Schwert, die sich kreuzen.

„Wieso wurde ich erst so spät davon in Kenntnis gesetzt?", tobt Fürst Sarios. „Mir hätte man sofort Bescheid geben müssen! Doch stattdessen berichtest du mir acht Tage später, dass du einen Boten zu dem Orden der Octa geschickt hast? Sprich, wie rechtfertigst du dich, Älos?"

Älos ist der angestellte private Magier und Berater des Fürsten Sarios. Ein älterer Mann mit langem weißen Bart und ebenso langen und weißen Haaren auf dem Kopf. Er trägt einen braunen Umhang und hält einen knorrigen alten Ast als Wanderstock in seinen Händen.

„Ich hielt es nicht für falsch, Euch Bescheid zu geben, mein Fürst Sarios. Jedoch hielt ich es für richtig, den Orden ebenfalls zu informieren. Immerhin gehören wir demselben Widerstand an", sagt Älos.

„Wir gehören demselben Widerstand an, das heißt nicht, dass wir freiwillig zusammen kämpfen! Wir haben dieselben Feinde, mehr nicht. Außerdem bist du meiner Frage ausgewichen, wieso hast du mir so etwas verheimlicht?"

„Ich... nun... ähm, ich wollte überdenken, wie und

wann ich es Euch mitteile, da Ihr doch momentan mit allerlei Dingen beschäftigt seid. Ich dachte, ich übernehme einen Teil der Last, die auf euren Schultern liegt… damit Eure Hoheit sich auf das Wesentliche und Relevante konzentrieren kann…", antwortet Älos. Ein guter Zuhörer würde ihm anmerken, dass einiges davon fantasiert war… wenn nicht sogar alles.

„Du warst mir immer ein guter Berater, Älos. In letzter Zeit hast du mich jedoch enttäuscht. Wir dürfen uns Gelegenheiten dieser Art nicht vom Orden der magischen Octa vor der Nase wegschnappen lassen. Ich will dich morgen in aller Frühe wieder hier sehen."

Sarios hat seine Ellbogen auf dem Thron abgestützt und sein Kinn auf den Handrücken seiner Hände gelegt. Er betrachtet Älos mit zusammengezogenen Augenbrauen.

„Geh nun bitte in dein Gemach."

„Wie Ihr befiehlt", reagiert Älos. Er dreht sich auf der Stelle und verlässt den Saal. Hinter ihm schließen zwei Wachen die Türen.

„Verflucht!", flüstert Älos und beginnt plötzlich zu rennen. Er läuft den Korridor entlang, dann links eine Steintreppe hinunter. Mondlicht scheint durch die hohen Fenster des Treppenhauses und verwandelt die kahlen grauen Stufen in weißen Marmor.

Am Ende der Treppe angekommen, läuft er nach rechts in einen schmalen seitlichen Gang, an dessen Ende sich eine kunstvoll geschnitzte Holztür befindet.

„Will! Will, bist du da?"

Älos schließt, nachdem er eingetreten ist, hinter sich die Tür und entzündet eine Kerze. Das Zimmer ist klein. Durch das halboffene Kippfenster dringt das leise *Schuhuu* einer Eule.

„Was gibt's? Ich hab grade noch geschlafen, Meister!", antwortet Will. Will Gray ist sein ganzer Name. Er ist durchschnittlich bis muskulös gebaut und 21 Jahre alt. Seine Haare sind kastanienbraun und recht kurz geschnitten.

„Pack deine Sachen, wir müssen sofort verschwinden", meint Meister Älos.

„Was? Wohin denn bitte verschwinden, es ist mitten in der Nacht!"

„Keine Zeit, um es zu erklären. Mach, was ich sage."

„Keine Zeit, um es zu erklären… ist ja gut, ich packe schon. Dann erklärt Ihr mir aber, was los ist währenddessen."

Meister Älos und Will beginnen ihre Rucksäcke zu packen.

„Ich frage mich, ob du schwer von Begriff bist, oder einfach nur stur…"

„Nein Meister, das fragt Ihr Euch nicht. Ihr wisst, dass es Letzteres ist", sagt Will Gray und setzt ein schiefes Grinsen auf.

„Ist ja gut… Sarios hat Wind bekommen."

„Vom schwarzen Haus? Oder von der Nachricht, die der Reiter überbrachte?"

„Von beidem", antwortet Älos.

„Oou… das ist nicht so gut."

„Ja, das weiß ich auch. Er will mich morgen früh sehen und es macht den Eindruck, als wenn das die letzte Nacht wäre, die ich in meinem Gemach und nicht hinter Gittern verbringe. Wir wissen beide, dass der Fürst einer Allianz mit Calabra nur zugestimmt hat, weil der Feind momentan unser beider ist. Und wir wissen, dass der Fürst nichts dagegen hätte, den Magiern von Calabra eins auszuwischen. Ich informierte die acht Magier ersten Ranges.

Ich als Magier der Octa zweiten Ranges und du als mein Lehrling, Will… oh wei. Ich wusste, dass das nicht lange gut gehen würde, wenn wir hier im Schloss bleiben…"

„Meister, glaubt Ihr wirklich, dass Fürst Sarios Euch einsperren würde?"

„Wenn nicht sogar schlimmer. In seinen Augen bin ich bereits ein Verräter. Diese Nachricht an den Orden hat das Fass höchstwahrscheinlich zum Überlaufen gebracht. Bei Wizzle, hoffen wir, dass er nicht schon längst weiß, dass wir beide auch Octamagier sind! Und nun hurtig!"

Älos hat fertig gepackt. Er geht zur Wand, an der sein Bett steht, und hängt dort ein Gemälde ab. Hinter dem Bild ist ein Loch in der Wand. Er lässt seine Hand über die Öffnung gleiten und plötzlich erscheint dort ein schwarzer Ring im Loch. Der Ring windet sich seltsam oft um sich selbst. Ein schwarzweißer Edelstein ist in den Ring eingearbeitet. Älos nimmt ihn raus und zieht ihn sich über seinen rechten Ringfinger. Will hat allmählich auch fertig gepackt und kommt näher.

„Was ist das?"

„Das, ist-", beginnt Älos.

„Moment, zuallererst, was macht das Loch da in der Wand? Ich komme für nichts auf!", stellt Will klar.

„Nein, nein. Ich habe das Loch gemacht, um den Ring zu verstecken. Der Ring… Mein Meister gab ihn mir vor langer Zeit, als er starb. Doch ich habe jetzt keine Zeit, die Geschichte zu erzählen… man nennt ihn den Ring der Zerstörung. Die legendäre Waffe Nummer 13."

„Wie bitte? Meister, Ihr steckt wirklich voller Überraschungen! Eine legendäre Waffe…", staunt Will.

„Vergiss nicht, pack das Lehrbuch der Zaubersprüche für Windmagie ein", sagt Älos.

Will steckt die letzten Sachen in seinen Rucksack und zieht sich eine Lederjacke und Lederhandschuhe an. Auch das Lehrbuch findet Platz in seinen sieben Sachen, obwohl er weiß, dass Älos *nie* mit dem Lehrbuch unterrichtet. Zu guter Letzt befestigt er sein Schwert am Gürtel.

„Es gibt nicht mehr viele Magier in Rakomir. Wir gehen nach Westen, Richtung Calabra. Sonst sind wir nirgendwo sicher. Dort verbünden wir uns mit den anderen. Ich habe uns in einem beigelegten zweiten Brief bereits angekündigt, den ich vor einiger Zeit schickte. Ich bat Richard darum, die anderen nicht darüber in Kenntnis zu setzen. Sie würden nicht wollen, dass weitere Magier des Ordens in Lebensgefahr geraten", fährt Älos fort.

„Verstehe", antwortet Will.

Er macht die Kerzen im Zimmer aus und sie begeben sich hastig nach draußen.

„Moment mal, was soll das heißen? Auch in Lebensgefahr? Heißt das, dass Ihr auch vorhabt, ins Haus der Hölle zu gehen, Meister?", fragt Will.

„Wir", erwidert Älos.

„Vergesst es, das passiert nur über meine Leiche!", meint Will schockiert.

„Wir müssen leise sein, wenn wir nicht auffallen wollen…"

„Weicht Ihr gerade meiner Frage aus?", hakt Will nach. Älos schleicht leise vor.

„Wir bereden den Rest, wenn wir hier raus sind", flüstert der Windmagiermeister.

„Typisch", entgegnet Will und verdreht die Augen.

In den Korridoren des Schlosses hallt jedes noch so

kleine Geräusch unendlich wieder. Älos und Will wählen daher kleine und wenig benutzte Gänge, um zu einer kleinen Wendeltreppe zu gelangen, die sie weiter herunterführt. Unten angekommen, finden sie sich im Empfangsraum wieder, auf dessen anderer Seite das Haupttor ist. Sie verstecken sich hinter einer Mauer und lugen an ihr vorbei. Das Tor steht offen. Draußen stehen zwei Wachen.

„Da fällt mir gerade etwas ein, Meister. Weshalb schleichen wir? Wir kennen hier doch alle und auch anders herum. Wir könnten doch einfach sagen, dass wir auf der Suche nach Kräutern sind oder so…", merkt Will an.

„Will?"

„Ja?"

„Hast du vielleicht mal darüber nachgedacht, dass der Fürst an eine Flucht denken könnte und seine Untergebenen informiert hat, damit wir nicht Leine ziehen?"

Kurz rattern die Zahnräder, bis Will versteht.

„Richtig. Was machen wir also wegen der Wachen?"

„Daraus könnten wir doch eine Lehrstunde machen!", sagt Älos und freut sich über diesen genialen Einfall.

„Ich sollte das lieber lassen in so einer ernsten Situation…"

Älos schüttelt den Kopf:

„Magie wird meistens in ernsten Situationen verwendet. Also, Lektion 1 in der Praxis: Kämpfe nicht, wenn du nicht kämpfen musst… siehst du die kitschige Vase dort drüben im Korridor, der rechts zum Heiler führt?"

„Ja, soll ich sie von hier aus umwerfen?"

„Genau, versuch es mal. Wenn sie umfällt und zerbricht, werden die Wachen kommen. Wenn sie dann im Korridor um die Ecke verschwinden, um nachzusehen, rennen wir aus dem Tor und sind schon über alle Berge. Also los!"

Will schließt verunsichert seine Augen und hebt die rechte Hand in Richtung der Vase. Man sieht, wie er angestrengt das Gesicht verzieht, und seine Hand beginnt zu zittern.

„*Fehu Ansuz Laguz Laguz*", spricht er leise. Dann kommt plötzlich ein Windzug aus dem Nichts, wirft die Vase vom Podest und lässt sie mit einem lauten Knall in viele Teile zersplittern.

„Prima, Will!", flüstert Älos.

Älos klopft ihm höchst zufrieden auf die Schulter. Wie geplant kommen die zwei Wachen und rennen in den Korridor, um nachzusehen.

„Jetzt! Das ist unsere Gelegenheit", erklärt Älos.

Die beiden nehmen die Beine in die Hand und laufen durch den Saal nach draußen.

Will ist erstaunt: „Das ging leichter als-"

„Hast du das gehört? …", spricht da eine Stimme im Saal hinter ihnen.

„Du musstest ja unbedingt was sagen!", entgegnet Älos und wirft einen Blick zurück. Die Wachen kommen aus dem Saal durch das Haupttor gerannt und sehen Älos und Will fortlaufen.

„Wir haben Bögen! Stehen bleiben oder wir schießen!", ruft eine der Wachen.

„Mist!", flucht Will. Er und Älos werden langsamer und bleiben schließlich stehen.

„Brak, Lars, ich kenne euch doch! Ihr würdet uns niemals erschießen!", ruft Will.

„Es tut uns leid, Will. Wir haben Befehle", antwortet Brak.

„Dann tut es uns auch leid.", entgegnet Älos.

Er streckt seine rechte Faust nach vorne, an der sich der Ring der Zerstörung befindet. Mit einem Mal erleuchtet der schwarzweiße Halbedelstein, sodass man kaum hinsehen kann.

„*Raidho Ehwaz…*", beginnt Älos. Man sieht nur noch das Weiße in seinen Augen.

„Älos!", ruft Lars drohend.

„*Uruz Ehwaz!*", brüllt Älos. Der Ring schießt mit einer unfassbaren Geschwindigkeit einen blauen Kreis in Richtung der beiden Schützen. Brak und Lars senken augenblicklich, vom blauen Lichtkreis getroffen, ihre Waffen und fallen auf die Knie. Bestürzt starren sie in die Luft und fangen ganz langsam, kleinen Kindern nicht ganz unähnlich, an zu weinen.

„Was haben die denn? Weshalb heulen sie so plötzlich?", wundert sich Will an Meister Älos gewandt.

„Ich habe sie verlassen…", winselt Brak. Er wischt sich mit seinem Handrücken die Tränen von den Wangen.

„Ich habe ihn getötet…", flüstert Lars. Er hebt seine Hände und sieht sie eine ganze Zeit lang an, entsetzt, wozu sie fähig sind.

Will versteht nicht, was passiert. Älos scheint ihm seine Verwirrung aus dem Gesicht lesen zu können und erklärt ihm, wozu der Ring fähig ist.

„Der Ring lässt seine Opfer alle Dinge, die man bereut, im Leben getan zu haben, als Emotionen in Kurzzeit durchleben. Schwächere Menschen sterben an der Realisierung der Erkenntnis. Diese beiden werden jedoch wahrscheinlich überleben. Wir müssen weg hier, bald wird man merken, dass etwas nicht stimmt", antwortet Älos, fällt jedoch beim ersten Schritt.

„Meister, was ist los?", fragt Will. Er hilft Älos hoch. „Was ist passiert?"

Älos schaut ihn mit müden Augen an.

„Manche Waffe fordert ihren Tribut", sagt er, „und mein Körper ist alt."

„Könnt Ihr laufen?"

„Ja, das wird gehen. Ich muss nur aufpassen, dass ich den Ring nicht zu oft benutze."

Will wirft noch einen Blick zurück auf Brak und Lars und sieht, wie sie ohnmächtig zusammenbrechen. Er zwingt sich wegzublicken.

„Dann los!", sagt Älos und die beiden laufen fort von Ny-Azh-Naduur.

Kapitel 3

Es ist der Morgen des nächsten Tages. Die acht Ordensmagier ersten Ranges stehen in einer Reihe vor dem Haupteingang der Octa am unteren Ende der Stufen. Sie sind für die Reise gerüstet und bereit aufzubrechen. Die Sonne geht gerade auf und wirft lange Schatten, die die Straßen in Dunkelheit hüllen. Nur die Dächer werden hell erleuchtet und erwecken den Eindruck, als würden sie auf der Dunkelheit, die sich unter ihnen befindet, schweben. Der Nebel, der heute durch die Straßen und verworrenen Winkel der uralten Stadt schleicht, verstärkt diesen Eindruck.

„Ich habe meine Entscheidung getroffen…", erklärt Richard. „Wir werden gehen. Jedoch will ich keinen dazu zwingen. Die Last will und werde ich nicht tragen. Es steht also einem jeden von euch frei zu gehen", sagt Richard.

Er schaut die Reihe entlang, doch keiner bewegt sich vom Platz.

„Hatten wir über Nacht einen Sinneswandel?", fragt er.

„El Artren, Adria und ich haben uns gestern überzeugen lassen, dass es nicht falsch wäre, sich das Haus zumindest anzusehen. Ob wir mit hinein kommen, entscheiden wir vor Ort", erklärt Ariagon.

„Gut, dann jetzt zu den wesentlichen Punkten. Das Haus befindet sich am Hauptweg von Grufnor, etwas südlich der Minen im Verisgebirge. An der Kreuzung, die links Richtung Westen nach Ny-Azh-Naduur führt, stoßen wir auf Älos und seinen Lehrling Will. Sie führen uns zum genauen Standpunkt des Hauses."

„Richard, du hast uns nichts davon gesagt, dass Will

mitkommt…", merkt Adria an. El Artren und Ariagon schauen Richard leicht vorwurfsvoll an.

„Wir haben nicht viel Nachwuchs, Richard. Es wäre Wahnsinn, den Jungen mit ins Haus zu nehmen", sagt Ariagon.

„Will und Älos führen uns dorthin. Ob sie mit uns das Haus betreten, bleibt ihnen überlassen. Außerdem sind die beiden ein Duo. Man weiß nie, was die Irren vorhaben…"

Das ist nicht ganz wahr, denn Richard weiß bereits Bescheid über Älos riskanten Plan.

Adria schaut verärgert auf ihre Füße: „Du hättest uns vorher Bescheid sagen sollen."

„Älos hat mich darum gebeten, nichts zu sagen. Ich hielt es aber für das Beste, euch dennoch zu informieren, bevor wir aufbrechen."

Damit gibt sich auch Adria zufrieden.

„Wieso nehmen wir keine Pferde?", meldet sich Darvon zu Wort. „Ich bin sportlich nicht so ganz aktiv, wie es vielleicht den Anschein macht."

„Weil die Octa keine Pferde besitzt und selbst wenn, Älos meinte, er würde mit einem Fortbewegungsmittel erscheinen."

„Hoffen wir, dass Meister Älos darunter kein Maultier und ne Kutsche versteht…", grummelt Darvon noch ein wenig.

Die anderen scheinen auch nicht mehr viel zu sagen zu haben und warten nun darauf, loszugehen.

„Also dann, auf geht's!", sagt Richard und geht voraus. Der Rest der Truppe folgt ihm.

Die versifften Nebenstraßen Calabras stinken nach Fäkalien und Essensresten. Der Nebel, der sich über die Straßen legt, macht es auch noch auf eine unbequeme Art und Weise feucht. Die Truppe freut sich schon auf die nächste Hauptstraße, die dann aus Calabra herausführt. Nach einigen Kreuzungen erreichen sie dann diese und biegen bei ihr links Richtung Nord-Osten ab. Der Gestank legt sich und die Truppe atmet frische Luft, die von den Wäldern nördlich herübergetragen wird. Die Stille, die sich während der Wanderung auf die Truppe gelegt hat, wird durch Adria gebrochen.

„Richard?"

„Ja, Adria, was gibt's?", reagiert Richard.

„Ich habe einmal gesehen, dass du mit der Magie der Leere ein Portal erschaffen hast."

„Und weiter?"

Adria blickt zu Boden.

„Kannst du uns nicht ein Portal zum Haus oder zumindest eines in der Nähe öffnen?"

„Ja, das müsste ich können", sagt Richard. „Ein Magier der Leere bleibt im Falle eines Portalsprungs unbeschadet. Jedoch, wenn ein anderer durch solch ein Portal springt, der nicht die Magie der Leere besitzt, kann es passieren, dass diese Person ohne eine Erinnerung an irgendwas als Pantoffel, Schreibtisch, Auflauf oder sonst was auf der anderen Seite erscheint", erklärt Richard.

„Verstehe, also nicht so ratsam."

„Würde ich auch sagen."

Dann geht Adria etwas schneller und gesellt sich zu Arnt, der mittlerweile vorne läuft und anscheinend etwas gesehen hat.

„Hey, Leute. Seht mal da drüben!", ruft er. Die Truppe richtet ihren Blick gen Nordosten. Von weitem sieht man Rauch hinter einem kleinen Wäldchen aufsteigen.

„Ein Feuer…", stellt Adria fest.

„Vielleicht ein Bauerndorf?", rätselt Arnt, der Naturmagier, „ich wette mit euch, es waren unsere Feinde, die Ritter des dunklen Bundes!"

„Wir sollten keine voreiligen Schlüsse ziehen", sagt Ariagon.

„Ich würde vorschlagen, wir sehen nach", beschließt Richard und sie verlassen einstimmig den Hauptweg und rennen auf die Rauchschwaden zu. Zuerst laufen sie über die Felder, dann durch das kleine Wäldchen. Nach kurzer Zeit finden sie den Ursprung des Rauches: ein brennender Gutshof.

„Seht, dort drüben!", sagt Erea. Arnt behält Recht: Von weitem sieht man fünf Ritter in schwarzer Rüstung im Wald verschwinden.

„Die holen wir uns!", sagt Arnt und will schon loslaufen, um sie zu verfolgen. Richard hält ihn zurück:

„Wir wollen uns bald mit Älos und Will an der Kreuzung treffen, wir haben nicht die Zeit, uns mit solchen Dingen aufzuhalten. Kloppen werden wir uns ohnehin genug. Wir sollten erst das Feuer löschen…"

Richard nickt Adria zu. Sie versteht und beginnt daraufhin eine Zauberformel zu sprechen:

„*Laguz Othala Ehwaz Sowilo…*"

Sie beginnt ihre Hände in fließenden Bewegungen durch die Luft gleiten zu lassen. Das Wasser in den umliegenden Pfützen kommt zu ihr und wird vor ihr in der Luft zu einem schwebenden Wasserball. Als dieser groß genug ist, fährt sie fort:

„*…Kenaz Hagalaz Ehwaz Naudhiz*"

Dann streckt sie impulsiv die Arme nach vorne und der Wasserball wird zu mehreren Strömungen, die sich ihren Weg durch die Luft bahnen. Nach kurzer Zeit ist ein Großteil des bäuerlichen Anwesens gelöscht und

Adria nimmt die Arme herunter.

„Danke, das hast du gut gemacht", lobt Richard Adria.

Die acht Octamagier nähern sich den verkohlten Überresten des Hauses. Es lässt sich neben Schutt auch einiges an verbrannter Kleidung finden. Möbel, Spielzeug, Schränke, Bücher… hier wurde eine ganze Familie zerstört. Weiter rechts sieht man in einiger Entfernung, wie die Felder des Bauern brennen.

Richards Gedanken drehen sich in diesem Augenblick nur um die schreckliche Vorstellung, die verbrannten Leichen der Bauernfamilie vorzufinden.

„Ich frage mich, warum", sagt Ariagon, der links neben Richard auf dem Kohle und Schuttberg wandert.

„Es waren fünf von den Rittern. Das ist mehr als feige gegen einen Bauern", stellt Richard fest.

„Das hat nichts mit Feigheit zu tun. Alleine Mord hatten sie im Kopf, egal, was es erfordert", entgegnet Ariagon, der dieselben grausamen Befürchtungen wie Richard hat.

„Ich sehe keine Leichen", sagt Ariagon.

Richard ist etwas vorgegangen und blickt tagträumend, so macht es den Anschein, in die Luft.

„Ich meine, irgendwo müssen sie doch sein. Wir wollen sie doch begraben, nehme ich an?"

Richard reagiert nicht und starrt weiterhin leicht schräg nach oben.

„Richard?"

„DIESE VERFLUCHTEN BASTARDE!", brüllt Richard. Nur mit Mühe schafft er es, die Tränen, die sich bei diesem Anblick in seinen Augen sammeln, nicht zu vergießen.

„Was gibt es denn?", fragt Ariagon verwirrt, doch Richard ignoriert diese Frage und hebt die Hand: *„Perthro Othala Raidho Tiwaz Ansuz Laguz!"*

Anfangs wirkt es, als würden sich die Bäume verbiegen, doch dann erkennt Ariagon, dass Richard ein Portal öffnet.

„Richard, wo willst du…?"

„Ich bring die Schweine um!", sagt er. Richard hält seinen Kopf leicht gesenkt, sodass seine weißen Haare die Augen verdecken. Er will seinen Blick vor seinen Freunden verbergen. Wären Richards Haare etwas kürzer, würde man einen wilden, wütenden und schon fast verrückten Blick in die Leere starren sehen.

Dann zieht er sein Kristallschwert langsam aus der Scheide und springt durch das Portal, das sich kurz darauf schließt.

„Wo ist er hin?", fragt Rebecka, die angerannt gekommen ist, als sie das Portal gesehen hat. Ariagon reagiert nicht. Er blickt nun in die Richtung, in die Richard vorhin geschaut hat, bevor er durch das Portal gesprungen ist.

„Wie er gesagt hat: er bringt die Schweine um", sagt er. Als Rebecka Ariagons Blick folgt, erschrickt sie und fängt an, schwerer zu atmen. Eine plötzliche Übelkeit überkommt sie, derer sie nur Herr werden kann, indem sie sich beide Handflächen vor den Mund presst. Oben im Baum hängen die verbrannten Leichen einer dreiköpfigen Familie an Stricken. An der kleinsten Leiche in der Mitte hängt ein Schild: *Das geschieht mit Feinden des dunklen Bundes.*

„Hol sie bitte darunter", sagt Ariagon und wendet seinen Blick ab. Seine Stimme zittert vor unterdrücktem Zorn.

„…mach ich", sagt Rebecka, „*Kenaz Laguz Isa Ingwaz Ehwaz.*"

Rebecka zeichnet mit ihrem rechten Zeige- und Mittelfinger einen Strich durch die Luft. An den Seilen erscheint ein Feuerstreifen, der sie durchtrennt. Die Leichen fallen runter, werden jedoch vor dem Aufprall langsamer und landen sanft. Ariagon und Rebecka drehen sich um. Hinter ihnen stehen Darvon und die anderen. Darvon hat mit seiner Windmagie den Sturz anscheinend verlangsamt. Dann flüstert Ariagon ein paar Worte und drei große Löcher schaufeln sich von selbst direkt unter den schwebenden Leichen. Diese sinken langsam dort hinein und werden von der Erde umschlossen. Arnt hebt seine beiden Hände über die Grabhügel: „*Raidho Isa Perthro.*"

Seine Naturmagie bewirkt, dass diverse bunte Blumen über den Gräbern erblühen, an jedem Kopfende eine große Sonnenblume.

„Ruhet in Frieden", sagt Arnt und hält seine rechte Hand auf seine linke Brust, die anderen folgen seinem Beispiel. Sie schließen die Augen, schweigen eine kurze Zeit lang und gehen dann ab, ohne ein Wort zu sagen.

Sie laufen zurück durch den Wald über die Felder zum Hauptweg, den sie gekommen sind, und setzen sich dort an den Wegesrand, um auf Richard zu warten. Es herrscht weiterhin eine unangenehme Stille, die erst gebrochen wird, als Richard zurückkehrt.

„Da kommt er", sagt El Artren und erhebt sich. In der Luft, in etwa fünfzig Metern Entfernung, erscheint ein Portal. Die Magier laufen dorthin und bleiben vor diesem stehen.

Zuerst schwebt es dort, ohne dass etwas passiert. Nach ein paar Sekunden springt dann aber plötzlich ein blutender Mann daraus hervor und landet sehr unangenehm auf der staubigen, erdigen Straße.

Kapitel 4

„Richard!", ruft Rebecka, „wach auf!"

Doch Richard reagiert nicht auf Rebeckas Rufe.

„Mein Gott, was ist ihm bloß passiert?", überlegt Darvon und kratzt sich grübelnd das Kinn.

„Er hat starke Blutungen!", stellt Ariagon fest. Die Magier verstehen nicht ganz, was schief gelaufen ist. Das Portal hatte sich geöffnet, Richard war daraus hervorgekommen und ohnmächtig, um etwa 10 Jahre älter, mit weißem Bart und einer Fleischwunde im linken Arm, auf den Weg geknallt.

„Sein Herz schlägt noch. Er lebt also. Wenn Arnt mit seiner Heil-Magie und seinen Heilpflanzenkenntnissen die Wunde verschließen könnte, wird Richard sicher bald aufwachen. Wir sollten schnellstmöglich weiter gehen, um uns mit Will und Meister Älos zu treffen. Älos kennt viele Sprüche, vielleicht weiß er Rat. Vorerst sollten wir jedoch ein Nachtlager errichten. Es wird langsam dunkel", schlägt El Artren vor.

„Gute Idee", sagt Arnt, „wir machen eine Pause und gehen morgen wie geplant weiter. Ich werde jetzt losgehen und Kräuter suchen."

Arnt läuft in den Wald, um nach einigen Pflanzen und Pilzen zu suchen. Er durchstreift die nähere Umgebung und findet das ein oder andere Kraut. Als es dunkler wird, beschließt er, sich allmählich wieder in Richtung des Nachtlagers aufzumachen.

„Das ist gut… ich habe das Wichtigste gefunden…", stellt er mit einem Blick auf die Kräuter, die er gesammelt hat, fest, als er das schaurige *Schuhu* einer Eule in den Bäumen hört. Vor Schreck zuckt er zusammen.

„Nur eine Eule…"

Dann läuft er zurück zu den anderen Magiern. Die Truppe hat sich zur Nachtruhe einen gemütlichen Platz am Waldrand eingerichtet. Rebecka hat ein Feuer entzündet und die Magier haben sich ihre Betten mit Gestrüpp und Decken zurechtgemacht. Am Hauptweg treiben sich üblicherweise wenige Monster herum, somit sind sie vorerst sicher.

„Arnt, du bist wieder da. Hast du gefunden, was du gesucht hast?", fragt Ariagon, der noch wach ist.

„Im Großen und Ganzen… ich hatte Glück", sagt Arnt. Er beginnt etwas Wasser über dem Feuer zu erhitzen und, begleitet von Zauberformeln, einige Kräuter in den Topf zu werfen, bis sich eine dickflüssige, brodelnde Masse bildet. Dann zieht er einen langen Stofffetzen aus einer der Taschen seines Rauledermantels hervor, drückt den Fetzen mit einem Stock in die brodelnde Masse und verbindet damit dann Richards Wunden.

„Ich bin immer wieder erstaunt, Arnt", sagt El Artren, „als Lichtmagier beherrsche ich auch Heilkräfte, aber die Naturmagie fasziniert mich stets von neuem."

„Jede Magie hat etwas für sich", sagt Arnt, „und man kann sie stets für Gutes als auch für Schlechtes gebrauchen. Doch ohne das nötige Wissen nützt dir die stärkste Magie nichts."

Die Nacht zieht still vorüber. Der Himmel ist wolkenlos. Abertausende Sterne malen sich an die dunkle Zeltwand des Himmels und geben der Leere und der Dunkelheit ihre Anmut. Der Mond saust vorbei und der Himmel beginnt im Osten zu glühen.

Am nächsten Morgen machen sich alle fertig, packen ihre Sachen zusammen und beraten sich, wie es nun weiter gehen soll, begleitet vom freudigen Gezwitscher der Vögel, die die aufgehende Sonne begrüßen.

„Guten Morgen erstmal! Heute müssen wir schnell vorankommen! Dies betreffend, habe ich mir Gedanken zum Transport von Richard gemacht: Wie wäre es, wenn wir eine Trage bauen?", schlägt Darvon vor.

„Ich mach das", sagt Arnt und holt sich Äste vom Wegrand, „ *Tiwaz Raidho Ansuz Gebo Ehwaz!* "

Die Äste beginnen sich wie Seile miteinander zu verflechten und bilden am Ende eine Trage mit Greifmöglichkeiten.

„Wir wechseln uns ab", sagt Arnt, „Erea, Ariagon, wollt ihr den Anfang machen?"

Die beiden nicken und packen jeweils links und rechts an der Trage zu.

„Hält", bestätigt Ariagon, als sie den bewusstlosen, alten Richard auf die Trage legen.

„Dann lasst uns losgehen", sagt Arnt, „wir haben bereits Zeit verloren."

Der Weg wird mit der Zeit weniger erdig und ist mit Kies befestigt. Der Credo-Wald entfernt sich links immer weiter vom Hauptweg. Nun kann man weit über die flache Landschaft blicken, auf der sich weit verteilt längliche Felsen befinden, die ab und zu wie Finger aus dem hohen Gras hervorragen. In mehreren Meilen Entfernung, in nordöstlicher Richtung, sieht man, wie der Fluss Lenuel sich seinen Weg durch die Landschaft sucht. Ny-Azh-Naduur liegt nun allmählich in nordnordwestlicher Richtung. Die Kreuzung, an der sie auf Älos und Will treffen sollen, ist nicht mehr weit entfernt.

„Wir sind bald da", sagt Arnt. Der Hauptweg geht nun vom Kies zu einer befestigten, mit Stein gepflasterten Straße über.

Es sind nur noch wenige Meilen bis zur Kreuzung, da kommt ihnen ein Händler mit schwarzem Bart entgegen. Er trägt eine Kapuze, die den größten Teil seines Gesichts verdeckt. Er sitzt auf einer Kutsche, die von einem Maultier gezogen wird. Hinten hat er allerhand an Waffen, Kleidern und Kisten aufgeladen.

„Guten Tag, meine Herren! Darf ich ihnen etwas anbieten?", fragt er, als die Magier sich ihm nähern. Er hält die Kutsche an.

„Danke, aber nein danke. Wir sind verabredet und bereits spät dran", antwortet Arnt.

Der Mann geht sich mit seiner Hand durch den Bart.

„Ich weiß, aber ihr werdet nicht zu spät kommen", sagt er. In dem Moment öffnet sich die größte und schmuddeligste Kiste von allen. Ein alter Mann mit langen Haaren und langem weißen Bart lugt daraus hervor.

„Will?", fragt er.

„Ja?", antwortet der Mann mit dem schwarzen Bart und dreht sich zur Kiste um.

„Will! Hörst du mich?" ruft der Mann aus der schmuddeligen Holzkiste.

„Ja, Meister! Ich kann Euch hören!"

„Haben die Ritter des dunklen Bundes uns erwischt?", fragt er.

„Nein, Meister. Ihr wisst, dass sie nie am Hauptweg nach Calabra anzutreffen sind!"

„Gut, gut. Warum halten wir dann…?"

Der alte Mann in der Kiste richtet seinen Blick auf die Magier des Ordens. Erschreckend schnell springt er aus der Kiste hervor und ein Teil seines Bartes verheddert sich an seinem Ohr.

„HAAHAAARR! Ihr seid es!", ruft er froh.

Arnt und die anderen schrecken zurück, bemerken aber

schnell, dass der verrückte alte Mann Meister Älos ist.

„Ähm… Älos?", fragt Arnt irritiert, „und das ist dann…"

„Will", sagt der Kutscher, nimmt seine Kapuze zurück und zieht sich seinen angeklebten schwarzen Bart ab.

„Und? Was sagt ihr? Wir wirkten doch sehr überzeugend!", meint Älos.

„Ja, äußerst über-", beginnt Arnt.

„Will!", ruft Adria und rennt auf Will zu, der mittlerweile von der Kutsche gestiegen ist. Sie wirft sich in seine Arme und er fängt sie auf.

Älos steigt auch herunter und zieht sich einige Strohhalme aus dem Bart. Er hat Richard bereits bemerkt und geht auf ihn zu.

„Was ist passiert?", fragt er jetzt ernster als zuvor.

Erea antwortet ihm: „Er hat einen Ausflug durchs Portal gemacht. Als er zurück war, sah er *so* aus."

„Ich habe ihn etwas jünger in Erinnerung und der Bart ist auch neu…", bemerkt Älos.

„Ja, das ist uns auch schon aufgefallen", entgegnet Erea.

„Nun", sagt Älos und denkt nach, „ich kenne da eine Zauberformel… Jeder Magier kann sie anwenden, nur gibt es unbekannte Nebenwirkungen, die auftreten können, sollte der Zauberspruch von keinem Magier der Leere gesprochen werden", überlegt Älos.

„Wird er denn davon wach?", fragt Rebecka.

„Ja."

„Dann müssen wir es tun. Das Haus wartet nicht ewig und wir haben vielleicht grade mal die Hälfte des Weges hinter uns gebracht. Wenn es eine Möglichkeit gibt, müssen wir sie nutzen. Abgesehen davon, ist Richard der einzige momentan erreichbare Magier der Leere."

Die anderen stimmen ihr zu, auch wenn es sie aufgrund der unbekannten Nebenwirkungen etwas Überwindung kostet.

„Gut", sagt Ariagon, „ich glaube, Richard würde das Risiko eingehen wollen, um die Mission fortzusetzen…", und spricht dann an Älos gewandt: „Was brauchst du?"

„Die Formel kenne ich so. Es bedarf nur zweier Zutaten: Als Erstes brauche ich Partensiskraut", sagt Älos.

„Das kenne ich, es wächst an Feldwegen. Ich gehe es sofort suchen!", sagt Arnt.

„Nein, warte einen Moment. Der Zauber muss nachts bei klarem Himmel stattfinden."

Rebecka blickt äußerst enttäuscht drein. Arnt ist auch nervös und wartet nur höchst ungern, bis es Nacht ist.

„Die zweite Zutat ist weniger eine *Zutat*, sondern viel mehr ein *Jemand*. Die Person, die Richard am meisten liebt, muss ihn bitten, zurückzukehren. Wenn er die Bitte hört, wird er die Augen öffnen."

„Das wäre dann wohl sein Bruder", sagt Arnt und grinst stolz. Älos dreht sich zu ihm um.

„Das würde man meinen. Doch es gibt eine Liebe, die noch stärker sein kann, die heißer und leidenschaftlicher sein kann als die familiäre Liebe", sagt Älos. Er wendet seinen Blick kurz zu Rebecka. Sie errötet etwas, zeigt aber ansonsten keine Reaktion. Bevor es zu eindeutig wird, wen er meint, dreht er sich zu Will um, der gerade mit Adria spricht: „Hey, ihr Turteltäubchen!"

Will verdreht die Augen und wendet sich Älos zu.

„Ja, Meister?"

„Wir transportieren Richard ab jetzt auf der Kutsche. Wenn wir uns klein machen, ist sie groß genug für uns alle. Nur mein Maultier wird das alleine nicht schaffen…"

„Ich könnte die Erde unter den Hinterrädern stetig mit meiner Erdmagie etwas anheben, damit der Esel leicht abschüssig ziehen kann. Nur wird das ziemlich anstrengend, den Zauber bis zum Abend aufrecht zu erhalten."

„Du packst das schon", sagt Erea, knetet seinen rechten Oberarm und grinst dabei höhnisch.

„Ich werde es versuchen", sagt er und ignoriert Erea.

„Gut, dann steigt alle auf!", erklärt Älos, „nur zieht euch vorher am besten noch diese Sachen an, so fallen wir nicht auf."

Er wirft den Magiern einige alte und dreckige Umhänge zu.

„Richard tarnen wir als schlafenden Kranken, der schnell zu einem Heiler in Grufnor gebracht werden muss, abgemacht?", sagt Älos.

„Gute Idee. Wir dürfen nicht zu viel Aufsehen erregen. In Calabra waren die Feinde des Ordens höchstens Taschendiebe oder Schläger aus den Gassen. Hier haben wir es mit den Rittern des dunklen Bundes zu tun. Vorsicht ist unser oberstes Gebot, wenn wir nicht wollen, dass sich die Nachricht eines Octa-Auftrages allzu schnell verbreitet", überlegt Will und streichelt Adrias Hand dabei. Dann setzt er sich mit Adria vorne auf die Kutscherbank. „Marsch!", ruft er, als sich alle Magier auf die Kutsche begeben haben, greift die Zügel und das Maultier dreht sich einmal um 180°. Dann beginnt es die Strecke, die er und Älos den anderen Octamagiern auf dem Hauptweg entgegengekommen sind, zurückzulaufen. Bald erreichen sie die Kreuzung, die den ursprünglichen Treffpunkt bildete und links abführt nach Ny-Azh-

Naduur. Ariagons Erdmagie scheint ihre Arbeit zu tun und das Maultier zieht den Wagen munter hinter sich her.

Nach einiger Zeit jedoch zeichnen sich schwarze Männer auf dem Weg in etwa hundert Metern Entfernung vor ihnen ab.

„Leute", sagt Will, „dahinten sind fünf Ritter des dunklen Bundes."

„Mist!", flucht Älos, „kommen sie uns entgegen?"

„Nein, sie sind anscheinend auch Richtung Grufnor unterwegs."

„Das ist nicht gut", erwidert Arnt, „wenn wir sie einholen, dann überholen sie uns später vielleicht, wenn wir rasten, und erkennen uns, wenn wir jedoch hinter ihnen bleiben, könnten wir auch direkt hier rasten. Ansonsten würde es höchstwahrscheinlich zum Blutvergießen kommen."

Adria sieht sich die Gestalten genauer an.

„Moment. Das sind sie"

„Wer?"

„Die Ritter. Das müssten die sein, die die Bauernfamilie töteten", überlegt Adria, „es sind fünf, genau wie beim Haus des Bauern."

„Welche Bauernfamilie?", fragt Will und hält die Kutsche an. Ariagon kann kurz Pause machen mit seinem Zauber. Adria fasst daraufhin die Ereignisse des letzten Tages kurz für Älos und Will zusammen.

„Deshalb hat Richard also das Portal genutzt… jetzt leuchtet natürlich einiges ein", versteht Älos.

„Ich bin dafür, die Dreckskerle umzubringen", sagt Erea und lächelt dabei schief, „wir könnten sie schnell einholen."

Arnt spielt mit dem Gedanken, dem zuzustimmen, da Richard gerade außer Gefecht ist, hat er das Sagen.

Doch er beschließt, nicht denselben Fehler zu machen wie sein Bruder.

„Richard hat unüberlegt gehandelt und das hat uns am Ende diese Situation beschert. Wir dürfen nicht so überstürzt agieren", sagt Arnt. Aus ihm scheint ein vernünftiger Anführer zu sprechen.

„Wenn sie uns nicht angreifen, werden wir das auch nicht. So sparen wir Zeit und bringen uns nicht unnötig vor Erreichen unseres Ziels selbst in Gefahr."

„Ich bin deiner Meinung, Arnt", sagt El Artren, „es kostet zwar etwas Überwindung, aber wir sollten die Ritter ignorieren. Außerdem bricht allmählich der Abend an, also können wir hier für heute Schluss machen und unser Lager aufbauen."

„Gut", sagt Rebecka, „und wenn das Lager steht und das Feuer brennt…"

„…dann holen wir Richard zurück!", beendet Älos den Satz und klatscht entschlossen die Hände zusammen.

Kapitel 5

Es ist dunkel. Nicht das kleinste bisschen Licht ist zu sehen. Nach einiger Zeit vergisst Richard, ob er seine Augen offen oder geschlossen hält. Es macht keinen Unterschied. Ein einsames Stück Fleisch mit Verstand in einem einsamen Nichts mit Verstand. Die Unsichtbarkeit der Leere ist wie ein Mantel, den man sich umlegen kann. Richard ist versteckt vor dem Rest der Welt, doch der Rest der Welt ist ebenso versteckt vor ihm. Er spürt nichts. Weder den Boden, auf dem er geht, noch die Luft, die er atmet. Er spürt weder die Wärme seines Körpers noch die Flüssigkeit, die durch seine Adern fließt. Nichts.

„So fühlt es sich also an, tot zu sein", denkt sich Richard.

Dann ertönt jedoch plötzlich eine Stimme in der Leere: „Richard!" Die Stimme klingt stark gedämpft und scheint aus weiter Ferne zu kommen. Es ist eine Frauenstimme.

„Richard! Komm zurück... zurück zu uns..."

Nach einer Ewigkeit, die eine Sekunde andauert, öffnet er die Augen und schreckt hoch. Er ist wieder bei Bewusstsein. Das Erste, was er sieht, ist eine Frau, die vor ihm hockt.

„Es hat geklappt!", freut sie sich und zieht Richard in eine herzliche Umarmung. Neben ihr sitzt ein älterer Mann mit langem weißen Bart, der leise mit geschlossenen Augen eine Zauberformel flüstert.

„Gut, dass der Himmel heute Nacht klar ist", sagt Älos und nickt zufrieden.

„Freunde! Richard, er ist wach, kommt schnell!", ruft

Rebecka.

Acht Personen kommen angelaufen und mustern den noch etwas benommenen Richard. Es sind mit der rotäugigen Frau drei Frauen. Außerdem sechs Männer, manche etwas älter, manche etwas jünger. Es gibt nicht viele Gründe, die solch unterschiedliche Menschen zusammenführen könnten.

Richard hebt seine Hand, um sie genauer betrachten zu können. Er schaut sie sich genau an. Die Hand ist die eines mittelalten Mannes, vielleicht um die dreißig. Seine grauen Augen starren die Hand erbarmungslos an. Noch hat er kein Wort gesagt. Langsam senkt er die Hand wieder und sieht sich nun in der Umgebung um.

Richard merkt, dass er auf dem Boden an einem großen Lagerfeuer liegt. Ein hoher klumpiger Stein, umgeben von einer hohen Böschung, bietet Wind- und Sichtschutz. Einige Decken und Felle sind auf dem Boden ausgebreitet, sicherlich zum Schlafen.

Er zwingt sich aus der liegenden Position, setzt sich hin und sieht nun aus dem neuen Winkel die Menschen um sich herum an.

„Richard, stimmt etwas nicht?", fragt der Mann mit langem weißen Bart, der die Zauberformel geflüstert hat.

„*Er scheint der älteste zu sein...*", stellt Richard fest. Die Frau, die sich gerade eben über ihn geneigt hatte, sieht ihn verwirrt an, als er nicht antwortet.

„Wer bin ich?", fragt Richard und blickt sich höchst irritiert um.

„Ja, witzig Richard", sagt Arnt. Richard bemerkt, dass er denselben Mantel trägt wie die Person, die seinen Namen zu kennen scheint.

„Kennen wir uns vielleicht?", fragt er.

Arnt setzt zum Lachen an, schaut dann aber verunsichert zu Ariagon, der nur mit den Schultern zuckt.

„Richard? Ich hoffe du erkennst deinen Bruder noch…"

„Du bist mein Bruder?", fragt Richard.

„Das reicht jetzt…", meint Arnt, wird jedoch von Darvon unterbrochen. Dieser blickt ernst, so ernst wie ein dicker glatzköpfiger Mann blicken kann.

„Er scherzt nicht."

Die anderen schauen bestürzt und verständnislos ihren Anführer an.

„Richard, du erinnerst dich nicht an uns?", fragt Darvon und wirft Älos einen bösen Blick zu.

„Ich hatte euch gewarnt, gebt nun nicht mir die Schuld! Er wäre sonst möglicherweise nie mehr aufgewacht!", erwidert Älos.

„Aber du hattest nicht gesagt, dass eine Nebenwirkung Gedächtnisverlust ist!", beschwert sich Arnt und streicht sich die Haare zurück.

„Nein, deswegen sagte ich ja *unbekannte* Nebenwirkungen!", antwortet Älos.

„Ist schon gut, Älos, keiner beschuldigt dich. Wenn, dann sind wir es alle schuld", sagt Rebecka und schaut verzweifelt zu Boden.

Richard fasst sich ins Gesicht und spürt einen Bart. Dann rappelt er sich auf und merkt, dass an seiner linken Taille ein Schwert in einer Scheide steckt.

„Dein Schwert", merkt die Frau mit den roten Augen an, „es ist das Kristallschwert der Leere, die legendäre Waffe Nummer elf, Christak."

Die anderen schweigen. Dass Richard seine Erinnerungen verlieren würde, damit hatten sie wirklich nicht gerechnet.

„Greif dein Schwert Richard", befiehlt Ariagon, „dein Partner im Kampfe wird dir auch jetzt zur Seite stehen."

Richard greift sein Schwert und zieht es aus der Scheide. Er hält es vor sich hin: die gezackte Kristallklinge schimmert im Licht des knisternden Lagerfeuers.

„Dies erscheint mir vertraut. Doch ich weiß noch immer nichts. Bitte, erzählt mir, was ihr über mich wisst, oder was ich mit euch zu tun habe, vielleicht erinnere ich mich ja an irgendetwas."

„Du bist unser Anführer, Richard Cliff, Beschützer Calabras, Magier der Leere und Kopf des Ordens der magischen Octa. Du bist unser Freund", sagt Ariagon und legt Richard seine Hand auf die Schulter.

„Das dort hinten ist Will", fährt Ariagon fort und zeigt auf den Mann neben der blonden jungen Frau, die seine Hand hält, „und die Schönheit neben ihm ist Adria."

„Hallo, Richard", sagt Adria. Will nickt ihm traurig zu.

„Der alte Mann hier ist Älos, Wills Meister und Ausbilder. Er und Rebecka haben es zusammen geschafft, dich zurückzuholen", fährt Ariagon fort.

„Rebecka…", murmelt Richard.

„Und dann haben wir hier noch Darvon, den Dicken dort drüben…"

„Hey!", beschwert sich Darvon.

„… und das ist Erea, die Jüngste von uns. Sprich sie besser nicht darauf an, dass sie etwas älter aussieht…"

„Ariagon", erwidert Erea böse lächelnd.

„El Artren, ein Alb mit Lichtmagie… nun, um genau zu sein ein Halbalb, ist ja auch egal."

„Freut mich", sagt El Artren monoton und verneigt sich kurz.

„… Arnt Cliff, dein Bruder…"

„Mein Bruder", sagt Richard verstört.

„… und zu guter Letzt ich. Mein Name ist Ariagon."

Richard hat versucht, sich die Namen einzuprägen.

„Also gut…", sagt er, „was machen wir hier draußen auf dem Feld, Ariagon?"

„Am besten, wir erzählen die Geschichte ab dem brennenden Gutshof und erklären ihm unser Vorhaben…", meldet sich Darvon von hinten.

„Gute Idee. Soll ich?", fragt Ariagon.

„Ich würde ihm gerne alles erzählen", meldet sich Rebecka und gesellt sich Richard gegenüber. „Das wird nur etwas dauern"

„Solange wir morgen früh weiter können, ist alles gut", sagt Ariagon und begibt sich, wie die anderen, in Richtung seines Schlafplatzes. Rebecka nimmt vor Richard im Schneidersitz Platz und begutachtet ihn. Äußerlich hat er sich zwar verändert, doch als sie ihm in die Augen blickt, sieht sie eine Unvollkommenheit, die nach Befriedigung schreit. Ein leeres Stück, das sich danach sehnt, gefüllt zu werden.

Und so beginnt Rebecka zu erzählen…

Kapitel 6

Richard und Rebecka sind als Letzte noch wach. Die anderen haben sich schlafen gelegt. Sie sitzen sich gegenüber, gewärmt von Decken und dem Lagerfeuer. Rebecka hat Richard alles erzählt, was wichtig ist. Richard hört ihr still zu. Nicht ein Wort kommt über seine Lippen.

Nachdem Rebecka zum Ende gekommen ist, ist Richard noch verwirrter als zuvor: „Also, willst du damit sagen… dass ich ein Magier bin?"

„Das meinst du nicht ernst, oder…?", fragt Rebecka.

„Es tut mir leid. Alles, was ich weiß, ist, was du mir erzählt hast… und alles klingt so überwältigend. Ich kenne niemanden mehr, nicht einmal mich selbst. Die einzige Erinnerung, die mir geblieben ist…, ist die Leere und die Worte, die in der Leere wiederhallen."

„Richard, wenn du nicht mehr weißt, dass du ein Magier bist, erinnerst du dich doch auch sicher an keine Zaubersprüche mehr… Wie willst du dann mit ins Haus der Hölle kommen?"

„Ich erinnere mich an jeden Zauberspruch… und noch mehr."

„Aber wenn du alles vergessen hast…"

„Die Zauberformeln der Leere sind wie ein Instrument in der Hand des Musikers. Ein Werkzeug. Das Instrument wird Teil des Musikers, sowie die Zauber Teil der Leere werden. Ich weiß nicht, wie ich es anders beschreiben soll. Irgendwie kenne ich die Formeln noch…", spricht er, mehr zu sich selbst als zu ihr, und schaut traurig zu Boden. Rebecka schenkt ihm ein warmes Lächeln. „Du hast dich verändert, Richard."

„Ach, zum Besseren oder zum Schlechteren?"

Rebecka schmunzelt und beginnt ihn zu mustern.

„Das werden wir dann sehen", überlegt sie. Kurz blicken sie einander an, ohne ein Wort zu sagen. Es herrscht Stille. Bloß das Knacken und Knistern des Feuers und das Flüstern des Windes sind zu hören.

„Damit gebe ich mich, glaube ich, zufrieden", sagt Richard dann, lächelt und legt sich auf sein Schafsfell zum Schlafen.

„Gute Nacht", sagt Rebecka und übernimmt die erste Wache.

Die Nacht wird dunkler, das Feuer schrumpft zur Glut.

Als es dann Morgen wird, ist Ariagon als Erster wach, da er die letzte Wache hatte.

„Gut geschlafen?", fragt er die noch halb schlafenden Gestalten. Als Antwort bekommt er lautes, zustimmendes Gähnen.

Nachdem alle wach geworden sind, beginnt die Truppe ihre Sachen zusammen zu packen. Vor dem Aufbruch erklärt Rebecka noch, was sie am gestrigen Abend erfahren hat:

„Also gut, ich habe Richard gestern noch das Wichtigste erklärt. Er wusste wirklich so gut wie nichts mehr, nicht mal, dass er ein Magier ist."

„Aber dann…", setzt Erea an.

„Die Zauberformeln beherrscht er aber", meint Rebecka.

„Wo ist denn da der Sinn?", wundert sich Erea.

„Er erinnert sich nur an die, und ich zitiere, *Worte, die in der Leere wiederhallen*", schildert Rebecka.

„Richard, seit wann bist du so philosophisch?", fragt Arnt. Richard zuckt nur mit den Schultern: „Wenn ich das wüsste…"

Nachdem sie alles auf der Kutsche verstaut haben, brechen sie auf.

Will und Adria sitzen wie am Vortag vorne. Das Maultier trinkt beim Gehen aus einer fliegenden Wasserblase, die Adria beschworen hat. Ariagon macht die Straße wieder etwas abschüssig, damit das Maultier die Kutsche gezogen bekommt.

Heute ist es bewölkter als die letzten Tage. Die Straße ist mittlerweile nicht mehr gepflastert, sondern besteht aus Schotter. Erea stellt fest, dass die Landschaft rechts und links immer hügeliger wird.

„Wir nähern uns dem Verisgebirge, es ist nicht mehr weit bis zum schwarzen Haus", vermutet sie.

In dem Moment registriert Will weiter vorne etwas auf dem Weg. Er schaut genauer hin und erkennt fünf schwarze Gestalten.

„Heute werden wir sie überholen", sagt Arnt, der sie nun auch sieht.

„Entweder sie lassen uns vorbei oder sie kriegen aufs Maul", sagt Erea.

Nach einiger Zeit nähern sie sich immer weiter den fünf schwarzen Kriegern. Dann dreht sich einer kurz um und bemerkt die Kutsche. Er flüstert seinem rechten Kameraden etwas ins Ohr, der sich daraufhin auch umdreht. Kurz darauf unterhalten sich die fünf Männer leise. Was sie wohl bereden?

Dann der Zeitpunkt des Luftanhaltens, der für gewöhnlich ungewöhnlich lange anhält. Die Kutsche nähert sich den fünf Kriegern und überholt sie rechts. Im Schneckentempo, so scheint es. Die fünf schwarzen Gestalten blicken zwielichtig zu ihnen hoch und mustern sie eindringlich. Die Kutsche fährt vorüber, anscheinend haben sie es geschafft…

„Halt!", ruft einer der fünf.

„Mist!", flucht Will leise und hält den Wagen an.

Der eine Ritter kommt nach vorne zur Bank, auf der Will und Adria sitzen, und steigt auf. Dann schaut er hinten rein und sieht die acht Gestalten, die schlafend eng aneinander auf dem Boden liegen (schlafend, *räusper, räusper*). Sie alle haben sich die dreckigen Umhänge übergezogen mit Kapuze, sodass man nicht direkt erkennt, um wen es sich handelt.

„Eine… kurze Kontrolle", sagt der Mann.

„Sicher", sagt Will und schluckt.

„Wo werden die ganzen Pisser hier hingebracht?", fragt der Ritter und deutet auf die schlafenden Gestalten.

„Das… nun also… wir müssen nach Grufnor. Dort ist ein Heiler, den wir aufsuchen müssen", sagt Will unsicher.

„Ein Heiler, so, so", entgegnet der Ritter des dunklen Bundes, „weshalb sucht ihr einen Heiler in Grufnor auf? Nicht viele Menschen sind dumm genug, den Weg an den Minen vorbei zu wählen."

Adria umklammert Wills rechten Arm. Wohl aus der Angst wie auch aus dem Drang zum Beistand heraus. Will setzt einen entschlossenen und überzeugenden Blick auf:

„Nur er kann unsere kranken Freunde retten, wir müssen uns wirklich sputen, sonst ist es zu spät. Daher wäre ich Euch sehr verbunden, wenn…"

„Wenn was, Bursche?", grunzt der Ritter.

Er blickt böse auf Will hinab und nähert sein Gesicht immer weiter dem Wills. Dieser hält jedoch seinem Blick stand, obwohl er innerlich gerade am liebsten im Boden versinken würde.

Die vier anderen Ritter des dunklen Bundes nähern sich der Bank, auf der Will und Adria sitzen. Die Situation scheint brenzlig zu werden.

Überraschenderweise kommt Erea von hinten und stellt sich vor den einen Kopf größeren und zudem recht muskulösen Mann breitbeinig hin.

„Also, was wollen Sie eigentlich?", beginnt sie, „wir sind Reisende, die krank sind und einen Heiler aufsuchen müssen. Ohne Grund werden wir angehalten und angeschissen, obwohl wir gesagt haben, was Sache ist. Ich nehme an, ihr habt was getrunken oder hattet einfach einen miesen Tag", sagt Erea.

Will klappt die Kinnlade runter. Die Ritter des dunklen Bundes sind noch um einiges erstaunter als die Magier der Octa. Sie hat den Nagel doch irgendwie auf den Kopf getroffen. Doch Adria hält Ereas Handeln für absolut falsch, das sieht man der Wassermagierin bereits im Gesicht an. Sie und Will hatten die Lage bis jetzt im Griff und sie hätten die Lage auch sicher bezwungen, doch nun hat Erea den Rittern des dunklen Bundes einen neuen Grund geliefert, um die Magier am Weitergehen zu hindern. Und sie fragt sich, ob Erea nicht wirklich noch zu jung ist für diese Mission.

„Du kleines Gör… Du Schlampe solltest deine Klappe nicht so weit aufreißen! Hast du bemerkt, dass unter eurem Hinterrad ein Berg wächst?"

Man hört ein leises *„ Mist, vergessen!"* von hinten.

„Kommandant Boris?", fragt einer der anderen Ritter den miesgelaunten Mann, der grade Will und Erea angefahren hat. Anscheinend heißt der miesgelaunte Mann Boris.

„WAS, KEVIN?", schnauzt der Kommandant.

Kevin zeigt mit zitternder Hand auf Älos, der seine rechte Faust auf den Kommandanten Boris richtet. An Älos Faust befindet sich die legendäre Waffe Nummer 13, der Ring der Zerstörung. Boris dreht sich mit seinem wilden, verrückten Blick hastig zum Ring um.

„Letzte Chance, ihr lasst uns ziehen oder ihr verliert den Verstand", sagt Älos.

„Was willst du alter Mann gegen mich ausrichten?", fragt Boris lachend und zieht sein Schwert.

„Du bist nicht der Hellste, nicht wahr?", fragt Erea.

Im selben Moment verpasst Kommandant Boris ihr einen Faustschlag ins Gesicht. Erea fliegt von der Kutsche und kracht zu Boden.

Raidho Ehwaz Uruz Ehwaz!", ruft Älos.

Der Kommandant hält sich schützend seine Arme vors Gesicht. Ein blauer Kreis wird vom Ring aus entfesselt, der die Ritter des dunklen Bundes umfängt. Ein kurzer Moment der Stille folgt. Dann senkt Kommandant Boris seine Arme. Als er bemerkt, dass nichts passiert ist, lacht er.

„Ich bereue nichts", sagt er und setzt ein krankes Lächeln auf. Sein Blick ist hektisch. Er holt mit seinem Schwert nach Älos aus.

„Stirb, alter Mann!"

„Berkana Raidho Ehwaz Naudhiz Naudhiz Ehwaz", ruft Rebecka.

Kurz bevor das Schwert Älos getroffen hätte, geht der Kommandant in Flammen auf.

„AAAARRGHH!", brüllt und kreischt er. Die Flammen sind unfassbar heiß. Älos, Will und Adria, diejenigen, die am nächsten dranstehen, schützen ihre Gesichter mit den Kapuzen vor der Hitze. Rebecka selbst wird von dem starken Zauber geschwächt und stützt sich an der Holzwand der Kutsche ab. Aber die plötzliche Schwäche ist viel mehr der Angst vor sich selbst zuzuschreiben. Rebecka hat gerade jemanden in Brand gesetzt und so etwas tut man nun mal nicht alle Tage.

„Es ist zu spät für euch, für euch alle! Er hat die Schriftrolle und euch wird er auch bald haben...!", sagt der Kommandant, während das Fleisch von seinen Knochen gebrannt wird. Im nächsten Moment fällt er um, die Flammen breiten sich aus und die Holzkutsche fängt Feuer. Die Ordensmitglieder springen hinten von der Kutsche und werfen ihre dreckigen Umhänge ab. Da durchtrennt die Hitze der Flammen die Zügel sowie das Geschirr und das Maultier rennt panisch davon, wobei es höchst merkwürdige Laute von sich gibt.

Die vier Ritter des dunklen Bundes wollen sich am Maultier ein Beispiel nehmen.

„Keiner darf entkommen!", ruft Richard den anderen zu, „wir dürfen nicht zulassen, dass sie Bericht erstatten, sonst schaffen wir es niemals bis zum schwarzen Haus!"

„Verstanden", rufen die Magier. Ein Hauch von Unsicherheit liegt in ihren Stimmen, denn irgendetwas in Richards Tonfall klang ungewohnt.

Erea, die, vom Faustschlag ganz benommen, noch am Boden liegt, hebt zitternd ihre Hand und spricht: *„Naudhiz Ansuz Kenaz Hagalaz Tiwaz!"*

Der Zauber sorgt dafür, dass alle Ritter des dunklen Bundes kurzzeitig erblinden. Sie fallen ungemütlich mit dem Gesicht voraus zu Boden. Der Zauber scheint Erea einiges an Kraft abverlangt zu haben, sodass sie nun vollkommen entkräftet am Boden liegen bleibt.

Ariagon, der durch das Aufrechterhalten des Straßenzaubers auch sehr geschwächt ist, läuft zu Erea und sieht nach ihr. Arnt folgt Ariagon zu Erea und beginnt einen Heilzauber zu wirken.

„Was machen wir mit ihnen?", fragt Darvon Richard und deutet auf die erblindeten Ritter.

„Wir werden sie einen nach dem anderen umbringen, aber vorher will ich noch wissen, was sie denken."

Die anderen blicken erstaunt drein. Früher hätte Richard nicht so einfach jemanden zum Tode verdammt, ohne mit dem Orden zuvor darüber zu sprechen.

„Richard?", fragt Darvon.

„Wartet!", sagt Richard und geht zu den vier Männern in schwarzer Rüstung. „Warum bereut ihr nichts?"

Die Männer verstehen nicht, weshalb Richard jetzt diese Frage stellt.

„Halts Maul!", brüllt Kevin.

„Ihr seid auch Menschen. Wie kann ein Mensch ohne Gewissen geboren werden?", fragt er.

„Was redest du für einen Scheiß?", schnauzt der andere.

„Kann man nicht", beantwortet Richard sich selbst die Frage. „Man kann höchstens… von etwas Falschem überzeugt werden. Mit Gewalt… oder vielleicht durch einen Zauber…"

Richard ignoriert die beleidigenden Rufe der Männer, die blind auf dem Boden herumkriechen.

„Habt ihr den Bauern und seine Familie getötet?", fragt Richard. Erneut schwingt ein unfassbar kalter und gefühlloser Unterton in seiner Stimme mit.

„Und noch mehr als das, stell dir das Gesicht des Bauern vor, als er sah, was wir mit seiner Frau machten!", grölt Kevin und lacht ein gackerndes Lachen.

Richards weiße Haare verdecken seine Augen. Wie immer, wenn er ernst wird, verhüllen seine Haare seinen Blick. Wären sie etwas kürzer, würde man einen gelassenen und leeren Blick sehen.

„Ihr tut mir wirklich leid", sagt Richard und stößt Kevin das Kristallschwert ins Herz. Kevin schreit kurz auf, hustet etwas Blut und bleibt dann regungslos liegen.

„Wie sieht es mit euch aus, wollt ihr, bevor ihr sterbt auch noch etwas sagen?", fragt Richard kühl und durchbohrt die Hand des nächsten Ritters. Dieser brüllt vor Schmerz laut auf.

Darvon, Rebecka, Adria, El Artren, Älos und Will stehen daneben und glauben nicht, was sie da sehen: Richard hat sich verändert, und das ist noch untertrieben. Er ist älter, härter und leerer geworden. Solche Grausamkeit und Striktheit hatte Richard bisher noch nicht zu seinen Charaktereigenschaften zählen können.

„Ich habe dich etwas gefragt", sagt Richard und tritt dem Ritter mit voller Wucht in die Seite.

„Fick dich ins Knie", faucht der Ritter.

„Keine Reue", befindet Richard und stößt ihm sein Schwert in den Schädel. Der Körper des Ritters erschlafft augenblicklich.

„Ihr zwei? Wollt ihr es vielleicht besser machen?", fragt er.

„Richard, das reicht jetzt", sagt Darvon. „Wenn du sie töten musst, dann mach es schnell und quäl sie nicht."

„Sie haben nichts anderes mit der Bauernfamilie gemacht", sagt Richard.

„Und welche Seite ist dann die richtige?", fragt Darvon. „Wir sind besser als diese Schweine. Nun tu es und töte diese Menschen oder lasse Gnade walten."

„Nein, du verstehst das falsch", sagt Richard, „ich gebe ihnen die Gelegenheit, vor ihrem Tod Reue zu zeigen und zu beweisen, dass selbst im schwärzesten Herzen ein kleiner Funke Licht zu finden ist. Ich bin kein Sadist."

Darvon versteht, worauf Richard hinaus will.

„Also, um wieder zu euch zu kommen", sagt Richard und wendet sich erneut den Rittern auf dem Boden zu, „bereut ihr nichts?"

„Ich bereue es, deine Mutter nicht…", sagt der Eine.

Richard sticht zu und wendet sich dem Letzten zu.

„Was ist mit dir?"

„Lang lebe Nizedir!", sagt er und spuckt auf den Boden.

Nizedir Crime… der König Rakomirs, der jedoch nur mithilfe von Angst und Schrecken das Land regiert. Sein unbekannter Zauber verändert die Völker, die er besiegt, und bewerkstelligt es, dass sie hoffnungslos oder voller Zorn fortan weiterleben müssen. So macht er sich das ganze Land zu eigen. Seine Armeen bilden unter anderem die Ritter des dunklen Bundes, von denen es nun fünf weniger gibt…

Nachdem alle fünf tot sind, blickt Richard zu Boden und legt anscheinend instinktiv seine rechte Hand auf seine linke Brust. Die anderen tun es ihm nach: „Ruhet in Frieden und bereut eure Fehler", sagt er und geht dann zu Erea, um zu sehen, wie es ihr geht. Die anderen Magier tragen die Leichen zusammen, damit Rebecka sie verbrennen kann. Sie sind immer noch verblüfft, auch Erea, Arnt und Ariagon haben mitbekommen, wie Richard gehandelt hat. Keiner ist sich sicher, ob Richards Entscheidung richtig oder falsch war…

„Du, Erea", sagt Adria.

„Ja, was gibt´s?", fragt Erea. Arnt hat ihre Schmerzen gelindert und sie kann wieder auf zwei Beinen stehen, auch wenn sie jetzt ein großes blaues Auge hat.

„Was meinte Kommandant Boris, als er sagte, Nizedir habe die Schriftrolle?"

Erea legt den Kopf schräg, schüttelt dann aber den Kopf: „Ich hab keine Ahnung... Er wusste, dass er nun sterben würde, und der hat schon, als es ihm noch *gut* ging, Unsinn gelabert."

„Hmmm", meint Adria, „ja du hast sicher Recht..."

Kapitel 7

Das Zusammentreffen mit den Rittern des dunklen Bundes ist nun schon einige Tage her. So früh morgens regnet es selten so stark, wie es an dem Morgen dieses Tages der Fall ist. Es schüttet wie aus Eimern. Die letzten Meilen bis zum Haus müssen im strömenden Regen, ohne Kutsche, ohne Maultier und auf bröckeligem Weg zurückgelegt werden. Es ist die kürzeste und anstrengendste Etappe der Reise. Sie unterhalten sich wenig und konzentrieren sich auf ein gleichmäßiges Tempo, um den Ausdauerakt erträglich zu machen. Das Ziel ist ebenso wenig motivierend wie die Wetterbedingungen. Bisher hatten die Magier Glück, da weder Trolle noch Orks aufgetaucht sind, obwohl sie den Minen gefährlich nahe kommen und keine Sonne scheint.

Dann, nach etwa zwei Stunden, haben sie es erreicht, ihr Ziel. Es blitzt und donnert heftig. Der Regen ist noch stärker geworden. Der Schotterweg ist mittlerweile eine Matschstraße und mitten auf dem Weg, wie hingestellt ohne jeden Sinn, steht es: das Haus. Die Truppe bleibt stehen und hält etwas Abstand. Es ist komplett aus schwarzem Holz und weist einige Löcher auf, durch die der Regen eindringt. Die Tür ist offen und quietscht andauernd, da der Wind sie auf und zu wirft. Fenster aus Glas gewähren Blicke in schwarze Zimmer. Die meisten Fenster haben Risse und an einem ist der blutige Abdruck einer Hand zu sehen. Bretter schweben unabhängig vom Wind um das Haus herum. Dann: Ein großer Blitz, begleitet von polterndem Donner.

„Wir sind da", sagt Älos.

Langsam nähern sich die zehn Magier dem Eingang, doch die meisten bemerken aufgrund des stürmischen Wetters nicht das Geraschel in den Büschen links von ihnen. Darvon, Will und Älos bemerken es, da sie als Windmagier ein hervorragendes Gehör besitzen, schreiben es jedoch dem stürmischen Wetter zu.

Als sie sich dann der Tür nähern, passiert etwas äußerst Verwirrendes: Die Tür reißt aus den Angeln, knüllt sich selbst zusammen, wie man es bei verpatzten Liebesbriefen macht, und verschwindet geräuschlos im dahinterliegenden Zimmer. Ein Schauer läuft den Magiern den Rücken runter: Es erweckt den Eindruck, als würde das Haus ihre Anwesenheit spüren…

„Hat noch jemand Angst?", fragt Erea.

Keiner antwortet. Älos, Will, Arnt und Richard gehen voraus in die Dunkelheit und treten durch den Türrahmen. Die anderen folgen ihnen unsicher, mit erhobenen Händen zum Zaubern und mit erhobenen Waffen zum Kämpfen. In dem Moment, in dem sie durch das Haus treten und den Türrahmen passieren, verstummt das Unwetter. Die Löcher im Dach, die von außen zu sehen waren, existieren nicht mehr. Der schwarze Raum, der hinter der Tür liegt, ist gar nicht so dunkel.

Ein roter Teppich liegt auf dem Boden und ein Holzschrank steht in der rechten, hinteren Ecke. Alles in allem sieht es hier beinahe gemütlich aus, wenn da nicht das ungewöhnlich kalte Licht der Kerzen wäre, die an den Wänden hängen und die einzige Lichtquelle darstellen. Die Fenster enthüllen, wenn man nach draußen sieht, nichts als Schwärze. Kein Weg ist zu sehen. Kein Regen. Kein bewaldetes Gebirge. Nur die Dunkelheit. Trist und eindringlich.

„Wir sind nun angekommen", sagt Arnt. „Da Richard seine Erinnerungen verloren hat, ist es nun meine Aufgabe… Ich komme direkt auf den Punkt."

Er blickt in die Runde und sein Blick bleibt bei El Artren, Ariagon und Adria hängen.

„Es steht euch frei zu gehen."

Adria schaut zu Boden, während El Artren und Ariagon entschlossen zu sein scheinen.

„Wir haben uns auf der Reise entschieden", sagt El Artren. „Nachdem wir gesehen haben, was der Bauernfamilie widerfahren ist, sind wir der Meinung, dass ein paar wertvolle Artefakte mehr nicht schaden könnten. Es ist zwar sehr waghalsig und etwas überstürzt, aber… wir können euch doch nicht alleine da rein lassen!"

Arnt lächelt und Ariagon gibt ihm die Hand.

„Niemals lassen wir euch alleine da rein!", beschließt er. „Ihr seid wahrlich treue Freunde", sagt Arnt und dreht sich wieder um. Rechts führt eine Tür in einen länglichen Raum. Dort ist das Licht etwas wärmer und flackert. Arnt vermutet dort einen Kamin. Links führt ein Durchgang in eine Küche. Der Küchenraum ist etwas kürzer. Geradeaus führt eine Treppe in den ersten Stock. Was oben liegt, kann man nicht erkennen.

„Wir müssen schnellstmöglich in den Irrgarten kommen", beharrt Arnt und wendet sich Älos zu. „Älos, zeig uns den Weg"

„Ist gut…", sagt dieser, hält aber im ersten Schritt wieder inne.

Man hört plötzlich ein Rütteln an einem Türgriff. Es kommt von Will: „Freunde", sagt er mit gedämpfter Stimme und bestürzter Miene. Die anderen drehen sich zu ihm um.

„Was ist?", fragt Darvon, der jedoch auf den ersten Blick den Grund für Wills bestürzten Gesichtsausdruck erkennt. Dann sehen es die anderen auch: Die Tür, die vorhin zerknüllt wurde, ist vorhanden und hängt ordentlich im Türrahmen. Sie ist verschlossen.

„Abgeschlossen", sagt Will atemlos und sieht seine Freunde etwas verängstigt an.

„Das ergibt doch keinen Sinn!", sagt Adria. Älos steigt auf die erste Stufe der Treppe: „Im Haus der Hölle ergibt gar nichts einen Sinn… Folgt mir, lasst euch weder an den Gedanken von Essen noch an ein warmes Feuer verführen! Wir müssen die Treppe hoch…"

Ohne weitere Erklärungen steigt er hoch, gefolgt von Richard und Arnt. Die anderen steigen ihnen hinterher und Will bildet mit Adria den Abschluss. Es sind ziemlich abgenutzte Holzdielen, die die Stufen bilden. Bei jedem Schritt der zehn Magier quietschen die Bretter unangenehm laut. Das Treppensteigen selbst fühlt sich viel zu langwierig für die Höhe des Hauses an.

„Das war mal eine schwere Geburt", befindet Erea außer Atem, als sie oben ankommen. Die Innenverkleidung besteht hier oben aus senkrechten Holzbrettern, die drei Türen aus Eichenholz. Die rechte und die linke Tür stehen sperrangelweit offen. Hinter der rechten Tür befindet sich ein Bett mit frischen Bezügen. Ein Sekretär steht dem Bett gegenüber und eine Kerze gewährt Sicht auf interessante Unterlagen und Notizen über Monster. Im Raum links ist eine Wanne aus Zinn, gefüllt mit dampfendem Wasser.

„Lasst euch nicht verführen", sagt Älos, „alles hier ist eine einzige Falle. Jedoch…"

„Was denn?", fragt Ariagon.

„…müssen wir eine Falle beabsichtigt auslösen."

„Wie bitte?"

„Im Raum rechts, hier", sagt Älos und zeigt auf den Sekretär, „dort liegen Informationen über die Monster im Haus der Hölle und eine Karte. Ohne diese Informationen wird es um einiges schwerer… wenn nicht unmöglich."

„Aber Meister, wir sind doch bereits im Haus und hier sind keine Monster", sagt Will.

„Das, was du hier siehst, dieses *Haus*, das ist lediglich der Eingang zum wahren Haus der Hölle. Und zwar teilt sich dieses in zwei Dimensionen auf, von denen man eine Dimension auf normalem Wege durch die Tür erreichen kann, die hier gerade vor uns verschlossen liegt: den *Dungeon*, eine irrgartenförmige Anordnung von größtenteils leeren Verließen und Mauern", erklärt Älos.

„Meister, Ihr sagtet, Ihr wüsstet nicht, wie der Irrgarten aussieht", bemerkt Will.

„Mehr als das bisschen grobes Wissen, habe ich auch nicht… nicht wirklich…", sagt Älos, „außerdem müssen wir, um hier wieder rauszukommen, ein Portal in der Mitte des Irrgartens erreichen. Die Karten werden uns helfen. Ich schlage deshalb vor, dass ich und Will gehen, um die Karten vom Sekretär zu holen."

„Moment", sagt Arnt, „warum ihr beide? Ihr müsst nicht die Helden spielen…"

„Das hat nichts mit *den Helden spielen* zu tun. Es ist die einzige logische Entscheidung, da Will und ich beide Windmagier sind. Ihr habt noch einen, und zwar Darvon. Abgesehen davon, sind wir beide keine Magier des inneren Zirkels", sagt Älos.

„Meister, Ihr wisst, dass Ihr stärker seid als ich, stärker als einige von uns", sagt Darvon. „Nur weil Ihr aufgrund Eures Alters zurückgetreten seid, heißt das doch nicht, dass Ihr weniger wert seid!"

„Nein, da hast du wohl Recht. Nur werde ich an diesem Ort keinesfalls auch nur einmal von der Seite meines Schülers weichen. Ich bin für ihn verantwortlich… und dich will ich auch nicht die Karte holen sehen."

Einige der Magier befürchten nun, dass sie Älos Vorhaben durchleuchtet haben könnten, dazu zählen Arnt, El Artren, Ariagon und Darvon. Sie befürchten nämlich, dass Meister Älos Will nur mitgenommen hat, um ihn als Vorwand zu benutzen, die Pläne zu holen. So würde Älos sein Gelübde erfüllen, Will als seinen Schüler zu beschützen, und gleichzeitig die anderen davon abhalten, sich in diese große Gefahr zu begeben, nur um auf diese Weise selbst die Falle auszulösen. Ist Meister Älos etwa so besorgt? Darvon schaut ihm traurig, aber ernst ins Gesicht: „Dann beeilt euch."

„Will…", sagt Adria, als Will und Älos gerade durch die Tür treten wollen. Noch bevor Will antworten kann, wird er von ihr in eine enge Umarmung geschlossen. Sie legt ihr Ohr an seine Brust, sodass sie seinen Herzschlag hören kann, und erklärt: „Versprich mir, dass dir nichts passiert!"

„Aber dann-", setzt Will an.

„Versprich es einfach!", wiederholt sie.

„Ist gut. Ich pass auf mich auf", sagt Will und legt seine Stirn an die ihre. „Ich bin gleich zurück", sagt er noch, dreht sich dann um und schreitet zusammen mit Älos durch die Tür in das Schlafzimmer.

Will erwartet irgendeinen plötzlichen Angriff, wird jedoch enttäuscht.

„Wir müssen uns beeilen, aber vorsichtig sein", sagt Älos.

Die beiden gehen vorsichtig auf den Sekretär zu, auf

dem die Manuskripte liegen. Die Kerze auf dem Sekretär ist bald runtergebrannt und die Flamme brennt nur noch schwach.

Die Papiere zeigen mit Tusche gezeichnete Monster. Daneben sind einige Notizen zu den Kreaturen gemacht worden. Eine verschnörkelte Schrift. Älos packt die Blätter in seinen Rucksack. Unter den Notizen zu den Monstern liegt eine etwa 20 mal 30 Zoll große Karte. Sie zeigt einen runden Irrgarten, der in drei große Kreisebenen aufgeteilt ist. In der Mitte ist ein schwarzes X, welches das Portal markiert, eingezeichnet. Abseits des runden Irrgartens und im Irrgarten selbst sind auch zwei Portale mit einem X markiert.

„Weitere Portale?", fragt Will Älos.

„Ja", antwortet dieser, „sie führen aus dem Irrgarten in die zweite Dimension, die jedoch nicht unser Ziel ist. Man nennt sie auch… *die Zwischenwelt*. Es ist die Dimension der Geister, Dämonen und Irrlichter. Dort hin kehren sie, wenn sie auf Erden geschlagen wurden, um sich zu regenerieren. Aber es ist ein für uns Menschen und auch für Alben und Zwerge mehr als lebensfeindlicher Ort… Jeder, der aus dieser Leere nicht mehr hinausfindet,… verliert sich selbst", sagt er. Wills entgeisterten Gesichtsausdruck ignoriert Älos.

„Und nun schnell, wir müssen raus hier."

Will nimmt sich die Karte und im selben Moment erlischt die Kerze, die auf dem Sekretär steht. Es wird dunkel.

„Zufall?", fragt Will und zieht eine hoffnungsvoll ironische Grimasse.

„Eher nicht", sagt Älos.

Die anderen, die draußen vor der Tür stehen, haben gemerkt, dass die Kerze ausgegangen ist.

„Älos, Will, beeilt euch!", ruft Rebecka.

Die beiden beginnen augenblicklich die wenigen Meter zur Tür zu rennen, doch das scheint dem Haus nicht zu gefallen: Der Boden rumort und fängt an zu wackeln. Älos und Will fallen hin.

„Was ist das denn?", ruft Will.

Darvon will schon zur Hilfe kommen, wird jedoch von El Artren zurückgehalten.

„Warte noch. Riskiere nicht zu schnell zu viel. Wir wollen doch nicht, dass der Boden auch dich umhaut!"

Darvon hält sich widerwillig zurück und sieht zu, wie seine Freunde durchgerüttelt werden.

Der Boden wackelt immer mehr und fängt an sich zu verformen. Wände wachsen aus dem Boden empor und beginnen Will und Älos zu verschlucken.

„Will!", ruft Älos ihm zu.

„Ja, Meister!", antwortet dieser.

„Will, hörst du mich?"

„JA, Meister!"

„Das ist gut! Wir müssen fliegen! Du hast es noch nicht oft geübt, aber nur so können wir uns hier durch manövrieren", ruft Älos.

„Aber Meister…"

„Will, uns bleibt keine Zeit!"

„Also gut. Versuchen wir es!"

Die beiden fassen sich an den Händen und beginnen die Zauberformel gemeinsam zu sprechen:

„*Tiwaz Raidho Ansuz Gebo Ehwaz Naudhiz…*", beginnen sie.

„Beeilt euch", ruft Adria hinter der Tür verzweifelt. Die stetig wachsenden Mauern verdecken nun die Sicht auf Adria und nur das obere Ende der Tür lässt sich noch über die Mauer hinweg erahnen.

„*…Dagaz Ehwaz Sowilo Kenaz Hagalaz Wunjo…*",

eine hellblauweiße Aura leuchtet um sie herum und wird immer stärker.

„Will!", schreit Adria.

„ ...Isa Naudhiz Gebo Ehwaz Naudhiz!"

Die beiden heben vom Boden ab. Weiße Flügel aus Wind und Licht wachsen ihnen auf dem Rücken und sie sausen los. Sie versuchen sich durch die Wände zu manövrieren, die immer wieder versuchen, die beiden einzukesseln. Links, rechts, drüber, drunter... Sie entfernen sich etwas von der Tür. Dann, es sind vielleicht noch sechs Meter, beginnt die Tür, sich langsam zu schließen.

„Adria!", ruft Will.

Sie fliegen nach rechts, umfliegen eine der wachsenden Mauern und steuern wieder in Türrichtung. Doch es wird knapp... es wird zu knapp...

Wills Gesichtszüge werden gelassener, als er erkennt, dass sie es nicht mehr schaffen. Er zieht im Flug die Karte des Irrgartens aus der Tasche seiner Lederjacke.

„Ihr schafft das schon!", ruft Will den anderen zu.

Die anderen drücken mit aller Kraft gegen die Tür, um diese offen zu halten, doch die Magier sind kein Hindernis. Für Zaubersprüche ist keine Zeit mehr. In dem Moment wirft Will die Karte, sie fliegt gerade so an einer wachsenden Mauer vorbei durch die Tür und landet auf der anderen Seite in Arnts Händen.

Das Letzte, was die acht Magier von Will und Älos sehen, ist, wie sie von den Mauern des Hauses verschlungen werden. Das Letzte, was Adria von Will sieht, ist sein trauriges Lächeln und wie er seine linke Hand nach seinen Freunden ausstreckt. Dann schlägt die Tür mit einem lauten Knall zu, für lange, lange Zeit.

Kapitel 8

In dem Moment, in dem die rechte Tür sich schließt, öffnet sich die Tür, die geradeaus in den Irrgarten führt. Die Magier haben noch nicht realisiert, was passiert ist. Sie stehen nur vor der verschlossenen Tür und starren diese an. Älos und Will sind… nein. Der Gedanke darf nicht wahr sein. Sie leben noch! Im Grunde wissen sie ja gar nicht, ob sie wirklich… tot sind.

„Älos wusste, dass etwas passieren würde. Er wusste, was er tun muss, damit sich diese verdammte Tür in den Irrgarten öffnet!", sagt Darvon. „Nur deswegen sind sie gegangen! Nur deswegen!", ruft er.

Die anderen machen betrübte Gesichter.

„Diese scheiß Tür!", brüllt Darvon und beginnt mit der Faust gegen die verschlossene Tür zu schlagen. Dann versucht er sie einzutreten, doch sie ist verschlossen und gibt keinen Spalt breit nach.

„Verdammt!", ruft Darvon. Der sonst witzige und sanfte, dicke Kerl ist so wütend und traurig wie lange nicht mehr. Dass er seine Gefühle am wenigsten zügeln kann, liegt daran, dass Älos Darvons ehemaliger Meister war. Älos bildete ihn aus, um seinen Platz einzunehmen, wenn er älter wird. Doch Älos war mehr als nur ein Meister für ihn. Er war für ihn wie ein zweiter Vater.

Erea kommt zu ihm und schließt ihn in ihre Arme.

„Ist ja gut", sagt sie, „sie leben sicher noch…alles gut…"

Sie redet mit ihm wie mit einem Kind, aber es wirkt anscheinend und er beruhigt sich etwas.

Adria hockt auf ihren Knien vor der Tür und weint leise.

„Ich hätte ihn davon abhalten sollen", flüstert sie, „es ist meine Schuld."

Ariagon steht neben ihr und hört ihr Wimmern: „Unsinn. Das Haus ist schuld. Du hast damit nichts zu tun."

Er legt ihr seinen Arm auf die rechte Schulter: „Adria, schau mich an."

Widerwillig schaut sie Ariagon an.

„Will lebt. Hörst du? Er lebt und Älos auch, ja?", spricht er weiter.

„Ja, in Ordnung", sagt sie und wischt sich mit ihrem Ärmel die Tränen vom Gesicht.

„Ja? Dann komm, steh auf Adria…", sagt er und hilft ihr hoch.

 Währenddessen umarmt Rebecka den erinnerungslosen Magier und hat ihren Kopf an seine Brust gedrückt. Nur Richard scheint das alles gewaltig wenig zu kümmern. Sie waren da. Er kannte sie nicht, oder vielleicht doch…, und jetzt sind sie weg.

Dann durchbricht Arnt die Stille, die grade entstanden ist.

„Wir haben die Karte. Wir machen es, wie Älos es geplant hat. Unser Ziel ist die Mitte des Irrgartens, das Portal. Wenn Älos und Will noch leben, dann werden sie versuchen, irgendwie dorthin zu gelangen."

„Gut", sagt Adria und wischt sich ihre Tränen weg. Sie ist plötzlich total entschlossen und hat neuen Mut in der verzweifelten Lage gefasst. Die anderen fühlen sich auch danach, aktiv zu werden und ihren Frust rauszulassen. Die Chance auf Vergeltung gibt ihnen neue Kraft.

„Los geht's", sagt Darvon mit einer unterdrückten Wut und Ersthaftigkeit, wie man sie von ihm sonst nicht kennt.

Sie verlassen Rakomir und betreten eine neue Dimension. *Den Irrgarten.*

…

Die acht Magier ersten Ranges treten durch die Holztür und laufen in die Schwärze, die dahinter liegt. Als Richard als Letzter durch die Tür kommt, schließt sie sich hinter ihm von selbst. Es ist weder Türrahmen noch Wand zu erkennen, so dunkel ist es. Dann jedoch entzünden sich Fackeln an den Wänden links und rechts von ihnen. Sie stehen auf einem langen breiten Gang. Man hört, wie sich mit dem Erscheinen der Magier auch in den naheliegenden Gängen Feuer entfachen. Die Tür, durch die sie getreten sind, ist verschwunden. Anstelle der Tür setzt sich hinter ihnen der breite Gang fort.

Der Irrgarten erwacht. Das Spiel beginnt.

Die Freunde sehen sich in Ruhe um: Der Gang, in dem sich die Truppe befindet, ist aus massivem Granitstein errichtet. Auf beiden Seiten des Ganges befinden sich Verliese. Diese scheinen jedoch leer zu sein, nur etwas Stroh und Knochen liegen auf dem Boden. Die Gitterstäbe sind mehr Rost als Stahl.

„Die Reise war beschwerlich, doch das eigentliche Abenteuer liegt noch vor uns", sagt Darvon.

„Ja", sagt Arnt und nimmt die Karte des Irrgartens, die Will ihm zugeworfen hat, aus einer der Taschen seines Rauledermantels. Auf der Karte leuchten einige ganz schwache blaue Punkte und ganz viele rote Punkte im ganzen Irrgarten verteilt. Arnt ist erstaunt, er hatte nicht erwartet, dass die Karte solche Fähigkeiten besitzt.

„Freunde, kommt mal her, seht euch das an!", sagt er und alle blicken überrascht auf die Karte. Dann wandelt sich das begeisterte Überraschen in Befürchtung um.

„Sag mir bitte nicht, dass die Punkte das darstellen, was ich glaube", sagt Erea, „sind das alles…"

„…Monster", sagt Richard und mustert die Karte mit zusammengekniffenen Augen. Doch dann werden die Punkte schwächer und verschwinden. Sie waren wohl lediglich eine Art Starthilfe…

„Nicht wirklich, oder?", sagt Arnt enttäuscht.

„Wenigstens wissen wir nun, wo wir sind", bemerkt El Artren.

Da ist er wieder: der dezente Optimismus El Artrens. Zwar sind Alben eher ablehnende Wesen und bevorzugen die Abgeschiedenheit, doch El Artren ist optimistisch, behält stets einen kühlen Kopf. Immerhin ist er ein Halbalb.

„Hier lang", sagt Arnt. Die anderen folgen ihm. Das Ziel ist es, möglichst schnell das Portal in der Mitte zu erreichen und auf dem Weg dorthin so viele wertvolle Artefakte und Waffen wie möglich zu sammeln.

„Aber seid nicht zu laut", merkt Arnt noch an. Sie laufen auf leisen Sohlen den Gang entlang, der auf der Karte beträchtlich kürzer aussieht.

Und dann, urplötzlich, hören sie ein schauder-erregendes Kreischen aus der schwarzen Suppe, die der Himmel zu sein scheint. Die dunklen, ledrigen Flügel, die die noch undurchdringlichere Dunkelheit teilen, lassen sich nur erahnen. Es ist ein Schattendrache, eine mächtige Kreatur. Der Drache fliegt weit über ihren

Köpfen und er scheint sie nicht zu bemerken. Dann hebt er sich mit einem gewaltigen Flügelschlag höher in die Lüfte und verschwindet im rabenschwarzen Himmel. Die Magier des Ordens atmen erleichtert aus.

„Was… war das?", sagt Erea.

„Drache", grummelt Richard fast schon gelangweilt.

„Weiter, kommt", sagt Arnt und läuft voran, wobei er Richard einen prüfenden Blick zuwirft. Richard lächelt in sich hinein und schüttelt den Kopf.

„Angsthasen…", denkt er für sich.

Arnt zweigt nach links ab und geht dann eine Zeit lang gerade aus. Links führen große Wege ab, die anscheinend parallel zu dem Weg verlaufen, auf dem sie erschienen sind.

Als sie an die besonders große Abzweigung gelangen, die auf der Karte zu sehen ist, sind sie besonders wachsam. Die Nerven liegen blank. Es ist zu ruhig. Man hört nichts und das gibt den Magiern ein ungutes Gefühl. Vielleicht sogar mehr als manch ein Monster. Doch dann hört man ein Brüllen, das die Stille durchfährt. Es hallt laut wieder.

„Ich schau nach", sagt El Artren. Als er sich vorsichtig nähert und um die Ecke lugt, sieht er drei große Gestalten. Sie laufen auf zwei Beinen und haben vier Arme. Rote Augen blicken wild durch die Gegend. Ihr weißes Fell ist dreckig und mit Schlammbrocken verklebt. Sie haben eine Schulterhöhe von geschätzt zwei Mann. Der eine schnüffelt mit seiner Nase, die auf einem affenähnlichen Gesicht sitzt, in der Gegend herum und lässt dabei schnaubende Laute ertönen. Man nennt diese Kreaturen *vierarmige Müffler*. El Artren winkt die anderen zu sich und setzt seinen Zeigefinger an den Mund, um ihnen zu bedeuten, dass sie leise sein sollen. Als Erea die Biester erblickt, macht sie eine angewiderte Miene.

„Können sie uns etwa riechen?", fragt sie.

„*Pscht!*", macht Richard, „ich erledige das."

„Warte, bist du wahnsinnig?", fragt Arnt. „Wir machen das zusammen!"

„Ich bin weniger wertvoll, ich habe mein Gedächtnis verloren und bin somit auch als Anführer nicht geeignet. Außerdem will ich ein wenig Spaß haben…"

„Nein, mit dem ersten Punkt liegst du bereits komplett falsch. Wir planen den Angriff. Vorerst aber: Fühlen sich alle körperlich in der Verfassung zu kämpfen?", fragt Arnt.

Es folgt zustimmendes Nicken von allen.

„Gut. Dann machen wir es so: Erea, Adria, Darvon, ihr lenkt die Monster ab und startet den ersten Angriff", erklärt Arnt. „Kurz darauf, wenn sie abgelenkt sind, kommen die anderen. Richard und ich gehen in den Nahkampf, da wir mit unseren legendären Waffen ausgerüstet sind."

„Einverstanden", sagt Adria. Bevor es losgeht, wirft Arnt Richard noch einen vielsagenden Blick zu, der wohl so viel heißen soll wie: *Zügle dein Gemüt!*

Erea, Adria und Darvon laufen um die Ecke und stürmen auf die Monster zu. Diese drehen sich zu ihnen um und laufen ihnen mit ohrenbetäubendem Brüllen entgegen, wobei sie ihr Maul astronomisch weit aufreißen und Spuckfäden versprühen.

„UUUGGAAAAH!"

Die drei Magier beginnen Zauberformeln zu rufen. Dann feuert Erea eine schwarze Kugel ab, die sie in ihren Händen geformt hat. Sie ist von lila blitzartigem Licht umgeben. Der vorderste der vier Müffler wird von der Kugel mitten in den Bauch getroffen. Die Kugel explodiert und bringt den ersten Müffler zu Fall.

„Gut gemacht, Erea!", ruft Adria. Doch die anderen zwei Müffler laufen bereits weiter, während sich der Getroffene schon wieder erhebt.

„Ich bin dran!", sagt Adria und spricht eine Zauberformel. Dann öffnet sie eine Trinkflasche und lässt das Wasser hinausfliegen. Es formt sich zu länglichen Gebilden und gefriert augenblicklich zu Eis. Im nächsten Moment fliegen die Eiszapfen mit rasender Geschwindigkeit auf die Müffler zu.

„Ich helfe dir!", sagt Darvon und spricht einen Zauber, der den Flug der Eispfeile beschleunigt und sie präzise auf die drei Monster lenkt. Das Monster, das bereits von Ereas Schattenkugel getroffen wurde, kann dem Eispfeil ausweichen, indem es sich zur Seite wirft. Die anderen Müffler werden jedoch getroffen. Der eine Pfeil zersplittert, als er auf die Brust des Müfflers trifft, der zweite bohrt sich in den Arm des anderen. Beide jaulen auf, als sie getroffen werden. Der, der vom zersplitterten Pfeil getroffen wurde, hatte Glück und hat nun die Möglichkeit, sich auf Erea zu stürzen…

„Jetzt!", sagt Arnt.

In dem Moment kommen die anderen Magier um die Ecke gelaufen. Arnt springt mit seiner legendären Waffe Nummer fünf, dem knöchernen Kampfstab, auf den vierarmigen Müffler zu und donnert ihm das Stilende in den Kehlkopf. Das Monster bricht augenblicklich zusammen. Den finalen Stoß vollbringt Richard und in dem Moment, in dem das Monster von Christak, dem Kristallschwert, durchbohrt wird, kreischt und zuckt es.

„Die Felle dieser Monster sind wertvoll", meint Arnt und nähert sich.

„Es gehört dir", sagt Richard, schneidet ein großzügiges Fell aus dem Rücken, rollt es zusammen und überreicht es Arnt.

„Ein gutes Fell", stellt Arnt fest, „ich habe aber schon meinen Rauledermantel. Erea! Hier, du kannst ihn haben", ruft Arnt und läuft zu ihr.

„Bist du verrückt, Arnt?", meint sie, „das stinkt nach totem Müffler. Außerdem steht mir grauweiß nicht."

„Also gut, dann pack ich ihn in meinen Rucksack!", beschließt Arnt fröhlich. Doch der zweite Müffler ist immer noch auf Kollisionskurs.

Richard stürmt bereits weiter auf den vierarmigen Müffler mit dem Eispfeil im Arm zu. Ariagon spricht einen Zauberspruch und bringt die Erde unter dem Müffler, den Richard gerade angreift, zum Wackeln. Das Monster fällt irritiert um, als Richard bereits zur Stelle ist und ihm das Schwert in den Bauch rammt.

„Meiner", sagt er. Doch in dem Moment reißt der Müffler einen seiner langen Arme herum und donnert seine Faust gegen Richards Brust, der weggeschleudert wird und einige Meter weiter auf dem Boden landet.

„Mist!", stöhnt er und schnappt nach Luft. Während sich ein zuckender Schmerz in seinem Körper breitmacht, versucht er sich aufzurichten. Sein Schwert liegt neben ihm. Zittrig kommt Richard auf die Beine, greift sein Schwert und stützt sich mit einer blutenden, aufgeschürften Hand auf Christak ab. Als er sein Gesicht hebt, sieht er, wie das Monster an den Blutungen stirbt und zu Boden geht. Sein Fell ist leider zu dreckig und an vielen Stellen zu blutig, um es verwenden zu können. Abgesehen davon, sind die Magier für solche Dinge auch nicht in eine andere Dimension gereist.

Der letzte Müffler, der vom Pfeil kaum verletzt wurde, stürmt auf Rebecka zu. Sie hebt ihre Hände und beginnt einen Zauber zu sprechen.

„*Fehu Ehwaz Uruz Ehwaz Raidho!*", ruft sie und aus ihren Händen sprießen Flammen dem Monster entgegen. Sein Fell fängt Feuer, und trotz allem nimmt der Müffler seine ganze Kraft für einen letzten Schlag zusammen und rennt weiter auf Rebecka zu.

„*Sowilo Tiwaz Raidho Ansuz Hagalaz Laguz Ehwaz*", ruft El Artren, als der Müffler weiterläuft. Plötzlich färben sich die Flammen weiß und werden größer. Der Müffler beginnt unheimlich hell zu strahlen und die Magier schützen ihre Augen mit den Armen vor der Helligkeit oder schauen weg. Dann wird das Licht langsam schwächer. Als es ganz verschwunden ist, ist auch das Monster fort und auf dem Boden liegt nur noch ein Skelett mit dem Fell des Müfflers darauf. Das Fell hat bereits die Form einer Weste. El Artren geht fünf Schritte zum Fell, zieht es sich über seinen weißen Mantel und streicht sachte mit der Hand über die Weste.

„Etwas kalt hier", sagt er, „vielleicht wären lange Ärmel besser gewesen."

„Yeeeaaahh!", ruft Erea.

„Götter!", erschreckt sich El Artren, „was ist nun in dich gefahren?"

„Es gibt einfach keinen Alben mit mehr Stil!", sagt Erea und lacht.

„Denen haben wir ordentlich eingeheizt", merkt Arnt an. Sie sind nach dem Sieg guter Dinge und setzen das erste Mal seit dem Verschwinden von Älos und Will ein Lächeln auf, mit Ausnahme von Adria und Darvon.

„Moment", sagt Rebecka und dreht sich hektisch um. Im Eifer des Gefechts hat keiner darauf geachtet, ob Richard bereits wieder auf den Beinen ist.

„Richard?", ruft sie.

„Ja, warte", hört man eine schwache Stimme sagen, auf die ein paar Huster folgen.

Dann taucht Richard hinter ihnen auf. Er stützt sich beim Humpeln auf Christak, um nicht umzukippen. Er kriegt noch immer kaum Luft und hat innere Blutungen. Seine Arme sind aufgeschürft und man erkennt das glänzend rote Fleisch.

„Richard, was…?", setzt Rebecka an.

Arnt kommt bereits angerannt und beginnt einige Formeln zur Heilung zu sprechen. Erleichtert atmet Richard auf, als die Heilung einsetzt.

„Du musst vorsichtig sein, Richard. Dieser Zauber, ohne Kräuter oder Pflanzen, kostet sehr viel astrale Kraft, besonders bei so starken Verletzungen. Ich kann das nicht zu oft machen."

„Das war leichtsinnig von dir", merkt Rebecka an. Richards blutverklebte weiße Haare wehen etwas in der lauen Brise, die durch den Gang zu wehen scheint.

„Das nächste Monster ist nicht weit", sagt er und grinst. Die Schmerzen hat er bereits vergessen.

Kapitel 9

Die Mauern waren wie Wellen und Älos und Will waren das Schiff im Sturm mit einem Loch im Rumpf. Untergehen war die einzige Option. Und im Moment schweiften Älos seine Planungen durch den Kopf:

„Richard sprang ab und zu durch ein Portal nach Ny-Azh-Naduur und hat die Bücher über den Irrgarten aus der geheimen Abteilung der Bibliothek Calabras mitgebracht. Das war einen Tag, nachdem der Bote Calabra erreicht hatte. Ich konnte einen Großteil der geheimen Schriften entziffern und herausfinden, wie man an die Karten kommt und dass das Zimmer versuchen würde, uns in eine Falle zu locken. Doch ich hatte erwartet, dass wir es schaffen würden... Ich beschloss, Will, meinen Schüler, bei mir haben zu wollen, sodass ich ihn in Sicherheit wüsste, denn eines hatten meine Forschungen in dieser einen Woche ergeben: Das Zimmer führt nicht in den Tod..."

Sie fallen immer noch.

„In den Schriften hieß es, das Zimmer würde uns, sollten wir verschlungen werden, in das Labyrinth bringen. Es würde uns nicht irgendwo hin transportieren, sondern in einen schwarzen See. Ob dies wirklich stimmt, konnte ich nur leider nicht mit Gewissheit sagen. Deshalb behielt ich es vorerst für mich und erzählte nur Richard davon und später, als wir aus Ny-Azh-Naduur flohen, auch Will. Ich konnte den armen Jungen ja nicht komplett im Dunkeln tappen lassen. Er ist ja so schon schwer von Begriff...

Ich stellte bereits zu dem Zeitpunkt klar, als ich Richard davon erzählte, dass ich vorhatte, die

Zimmerfalle mit Will zu betreten. Trotz Richards Gedächtnisverlust hielt ich daran fest. Nur hatte ich geplant, der Falle zu entkommen, um nicht von den anderen getrennt zu werden."

Sie fallen immer noch.

„Tja, blöd gelaufen, was?"

Sie nähern sich einer schwarzen Pfütze – Nein. Keine Pfütze, ein See. Ein schwarzer See.

„Will!", ruft Älos.

„Ja!", ruft Will zurück. Sie kommen dem See immer näher. Älos Haare wirbeln in dem ihm entgegenwehenden Wind und die Kleidung von beiden flattert wild umher.

„Will, hörst du mich?", ruft Älos etwas lauter.

„Jaaa, Meister!", ruft Will zurück.

„Will?"

„Ja, verdammt!"

„Wir müssen den Sturz verlangsamen! Versuch dich auf dem uns entgegenkommenden Wind an den Rand des Sees…!", ruft Älos.

„Was sagt Ihr, Meister?"

„An den Rand… an den Rand des Sees tragen zu lassen! Lande auf dem See, nahe des Ufers. Einen Sturz aus dieser Höhe kann man nicht wirklich unbeschadet überstehen, wenn man auf dem Boden landet!"

„Verstanden, Meister!"

Die beiden fassen sich an den Händen und murmeln einen kurzen Zauberspruch. Der Sturz verlangsamt sich und sie nähern sich immer langsamer dem See. Dann schließen sie die Augen, halten die Luft an und tauchen ein.

Es ist weniger Wasser, sondern mehr eine Art dickflüssige, schwarze Substanz. Es ist schwer, in ihr zu schwimmen, und noch deutlich schwerer wäre es in dem Gezappel, das die beiden an den Tag legen, um oben zu bleiben, einen Zauber zu wirken.

Nach etwa 20 Metern und zehn Minuten erreichen sie das Ufer. Sie sind voller schwarzem Schleim, aber unbeschadet.

„Geschafft", stöhnt Will. Sie sind total aus der Puste.

Die beiden wischen sich mit ihren Handflächen grob den Schleim von der Kleidung. Dann schauen sie sich um: Der See ist von einer hohen Mauer umgeben, in der sich mehrere Tore befinden, die fort vom See in alle Himmelsrichtungen und hinein in den Irrgarten führen. Dichter Efeu hängt von den Mauern herab und verdeckt die Tore zu großen Teilen, sodass man den Irrgarten dahinter nur erahnen kann.

„Warte mal…", wundert sich Will, als er sich abtastet.

„Was ist?"

„Mein Schwert…"

Will fasst sich an seine linke Taille. Es ist weg.

„Es ist wahrscheinlich im See aus der Scheide gerutscht", vermutet Älos.

„Mist!"

„Es war sowieso kein besonders gutes, mit etwas Glück finden wir hier ein wirklich starkes Schwert oder zumindest eine gute Waffe", meint Älos.

„Ich hoffe, Meister. Wir haben nur ein Problem… die Karte fehlt. Die Informationen über die Monster sind zwar hilfreich, aber ohne Karte wissen wir nicht, wo lang."

„Lektion 2", entgegnet der Meister, „behalte immer deine Umgebung im Auge. Hast du dich mal umgeschaut, als wir gefallen sind, Will?"

„Nein, Meister."

„Hättest du es getan, hättest du von Weitem das Portal sehen können, dass uns hier rausbringt."

„Habt Ihr Euch die Richtung gemerkt?"

„Ich werde wahrscheinlich nach einiger Zeit die Orientierung verlieren. Da der Sturz etwas länger andauerte, konnte ich mir den Anfang des Weges, den wir gehen müssen, einprägen. Wir müssen es nur zum Durchgang, der in den inneren Ring führt, schaffen. Dort werden höchstwahrscheinlich die anderen auch durchkommen."

„Höchstwahrscheinlich?"

„Ja, es gibt drei weitere Wege zum inneren Bereich. Da wir den Irrgarten aber ziemlich zeitgleich betreten haben, nur auf unterschiedliche Weise, werden wir wohl auch nicht so weit voneinander entfernt gelandet sein."

„Das hört sich alles sehr vage an, Meister."

„Hast du einen besseren Plan?"

„Nein…"

„Dann meckere nicht und sei etwas produktiver. Wie viel hast du noch von dem Reiseproviant, den wir in Ny-Azh-Naduur eingepackt haben?"

„Wenn wir es streng rationieren…, sollte es noch für etwa eine Woche reichen."

„Das ist gut, hoffentlich nicht zu wenig…Wir müssen hier lang", sagt Älos.

„Gut, auf geht´s", sagt Will, bleibt aber kurz stehen.

„Meister, warum hat Richard eigentlich noch keinen Kontakt zu uns aufgenommen? Er könnte uns doch eine Gedankenbotschaft schicken!"

Älos denkt kurz nach: „Nein. Soweit ich weiß, kann man innerhalb des schwarzen Hauses keine Gedankenbotschaften verschicken… doch wir gehen jetzt erstmal zum Ring und unsere Freunde tun sicher das Gleiche.

„Aber…"

„Klappe, und jetzt folg mir leise!", sagt Älos und läuft voraus.

„Ist ja gut, Meister…"

Kapitel 10

Richard behält Recht. An der nächsten Kreuzung lauert bereits die nächste Kreatur. Ein äußerst starkes Monster, der sogenannte Cellus. Dieses Monster ist ziemlich selten. Man muss sich einen Cellus wie folgt vorstellen: Es ist ein großes, schwebendes Auge mit grünen Tentakeln, die aus diesem hervorwachsen. Soweit man weiß, hat es viel Ausdauer und einen starken Angriff. Abgesehen davon gibt es Gerüchte von einer weiteren unbekannten Fähigkeit.

Richard geht den anderen voraus und hält sein frisch benutztes Schwert Christak in Händen.

„Ein Cellus", sagt Erea als sie das Biest sieht.

„Was… was macht Richard da? Sieht er das Monster etwa nicht?", wundert sich Rebecka.

Richard hat sich dem Cellus auf wenige Schritte genähert und das Auge mustert den bewaffneten weißhaarigen Mann intensiv. Dann plötzlich fällt Arnt, der hinter Richard war, zu Boden.

„Was zum…?", wundert sich Arnt, rappelt sich hoch und betastet vor sich eine unsichtbare Barriere, die Richard vom Rest der Gruppe trennt. Rebecka klopft gegen die unsichtbare Barriere und schreit: „Was ist das? Richard!"

Dieser kann sie anscheinend nicht hören.

„Leute?", fragt er, dreht sich um und sieht, wie die anderen lautlose Rufe von sich geben. Sie sind etwa zwanzig Schritte von ihm entfernt. Und sie klopfen gegen die Luft, was ihn noch mehr verwirrt…

„Was ist los?", ruft er.

Rebecka bildet mit ihren Händen einen Trichter, ruft

irgendetwas und deutet dann mit der linken Hand auf das Monster, dem Richard den Rücken zugewandt hat.

Richard dreht sich wieder zu dem Cellus um und wird in der nächsten Sekunde von einem großen Tentakel zu Boden gerissen.

„Was ist das für ein Zauber?", fragt sich El Artren, als Richard zu Boden geht.

„Er kann uns nicht hören", merkt Ariagon an, „und konnte den Cellus bis jetzt wohl auch nicht sehen."

Richard steht schnell wieder auf, sein Schwert noch immer fest umschlossen. Er sieht das Biest nun und das gewaltige Auge.

„Ja… du hast Angst, Monster. Du riechst förmlich danach."

Dann senkt er den Kopf. Richards weiße Haare verdecken seine grauen Augen. Wären seine Haare etwas kürzer, so könnte man einen Blick auf seine Augen werfen, die gelassen zu Boden sehen. Ein Lächeln umspielt seine Lippen.

Dann stürmt er blitzartig nach vorne und holt mit Christak nach dem Auge aus. Der Cellus pariert das Schwert mit einem Tentakel an der Breitseite des Schwertes und schlägt Richard mit einem anderen seiner Tentakel Richtung Rücken.

Blitzschnell dreht sich Richard wieder um, pariert mit dem Schwert den auf ihn zukommenden Tentakel und durchtrennt ihn sauber. Das Monster kreischt einen hohen Ton, obwohl es keinen Mund besitzt.

„Angeblich hat der Cellus eine besondere Fähigkeit", sagt Darvon von hinter der Barriere. „Es heißt, der Cellus könnte seine Stärke enorm steigern, nachdem er einen gewissen Grad an Schaden erlitten hat."

„Ja, ich habe auch etwas in der Art gehört", sagt El

Artren. Dann hört man ein *Pflop* und neben El Artrens Kopf steckt ein schwarzer Pfeil in der unsichtbaren Barriere. Die anderen zucken zurück, während El Artren sich keinen Millimeter bewegt. Er dreht sich nur langsam in die Richtung, aus der der Schuss kam. Es sind vier Skelette, alle mit Dolchen bewaffnet. Zwei von ihnen haben einen Bogen auf den Rücken geschnallt. Sie stürzen sich auf die Magier und der Kampf bricht los.

Währenddessen ist Richard in einen rasanten Austausch von Schlägen verwickelt, als der Cellus ein weiteres Mal einen Treffer am Bauch landet und Richard zu Boden kippt.

„Scheiße!", sagt er und die Spucke rinnt ihm übers Kinn, während er versucht, Luft zu bekommen. Er hat nicht mal die Zeit aufzustehen und wird bereits von zwei Tentakeln in die Luft gehoben. Sein Schwert fällt ihm aus der Hand. Die Tentakel beginnen sich um seinen Körper zu wickeln, um Arme, Beine und auch um den Hals. Dann nimmt Richard hastige Bewegungen von links war. Es sind seine fremden Freunde, die gerade gegen Skelette kämpfen.

„Ich habe keine Angst", sagt er und wendet seinen Blick wieder dem Auge zu. Eine gigantische lila Pupille.

„Ich bin leer."

Und plötzlich lösen sich die Tentakel des Monsters auf. Sie verdampfen und ein widerlich süßer Geruch strömt aus den Wunden.

Richard fällt auf den Boden und greift sich wieder sein Schwert. Er hat anscheinend mit Magie die Tentakel verschwinden lassen, aber... ohne Zauberspruch? Er weiß ja von nichtrakomirischen Zaubersprüchen, die nur ein Wort oder ganz wenige Wörter brauchen, aber ein Zauberspruch ohne Spruch?

Das Monster brüllt laut und beginnt sich zu verändern: Die lila Pupille platzt und im Augapfel erscheint ein Maul mit vielen Zähnen. Die Laute, die dieses Maul von sich gibt, sind deutlich tiefer und machen einen mächtigeren, stärkeren Eindruck.

„Jetzt sehe ich, wie du wirklich bist", sagt Richard. Das Monster stürzt sich auf ihn und beißt nach seinem Kopf. Richard hält sein Schwert dagegen und der Cellus beißt in die scharfe, gezackte Klinge. Er ist stärker als zuvor, das merkt Richard direkt. Das Monster drückt gegen das Schwert und Richard wendet all seine Kraft auf, um dagegen zu halten.

Genau wie der Cellus, hat aber auch Christak einen Trumpf.

In der nächsten Sekunde sieht man, wie Richard das Schwert durch das Auge sticht und der Cellus an der Schnittstelle zu dampfen beginnt. Sein Auge und die Tentakel schmelzen zu einer widerlich dickflüssigen Substanz, die zu Boden platscht, während der Schrei des Cellus noch leise im Gang widerhallt. Richard fällt auf die Knie.

„Keine Chance", sagt er und bemerkt etwas Seltsames in der dickflüssigen Pampe, die der Cellus zurückgelassen hat. Es ist eine Phiole! Er steckt sie sich in seinen Rauledermantel. Richard ist vollkommen erschöpft. Was gerade passiert ist, kann niemand wissen, außer Richard… und denjenigen, die Christaks Fähigkeit kennen. Aber dass die Tentakel ohne Spruch verdampft sind, hat nichts mit Richards Schwert zu tun…

„Richard!", ruft Arnt und die Truppe läuft zu ihm.

Anscheinend ist die Barriere zusammen mit dem Cellus verschwunden.

„Du hast es geschafft", sagt Rebecka, legt ihm eine Hand auf die Schulter und setzt sich vor ihm auf die Knie.

„Das habe ich wohl", sagt er und grinst.

„*Ihr Lächeln ist so warm…*", denkt sich Richard und fühlt einen kurzen Moment lang eine ersehnte Wärme an einer leeren Stelle. Doch kurz darauf verwirrt ihn der Gedanke und er verwirft ihn sofort wieder.

„Wie geht es euch?", fragt er.

„Gut soweit", erklärt Ariagon. „Was nur schade ist, von den Waffen der vier Skelette sind gerade mal zwei Waffen nicht direkt zu Knochenmehl zerfallen, als wir sie berührt haben: zwei Schattenbögen. Die können wir unseren Verbündeten, dem Kommandanten und dem ersten Offizier der Schützen auf der Insel Kyz geben. Von den beiden anderen Skeletten sind nur zwei Schädel mit einem Rubinauge übrig geblieben, aber die sind nur unnötiger Ballast."

Etwas abseits von ihnen sieht man die Überreste der Skelette: einige Haufen Knochen mit etwas Knochenmehl und den zwei Schädeln.

„Ich nehme sie gerne!", sagt Erea grinsend, springt zu den Überresten und steckt sich die wertvollen Artefakte ein.

„Eine gute Idee, das mit den Bogenschützen der Insel Kyz meine ich", sagt El Artren. „Ny-Azh-Naduur sollten wir möglichst keine unserer hier gewonnenen Artefakte überlassen. Sobald die Ritter des dunklen Bundes zusammen mit Nizedir besiegt wurden, wendet sich der trottelige Fürst Sarios gegen uns, so viel ist sicher."

„Das kann sehr gut sein. Die Ritter des dunklen Bundes

lässt er ja bereits in seine Stadt, zwar von seinen Kriegern bewacht, aber dennoch…Mittlerweile ist es ja so: Er tut nur gerade so viel, dass er nicht gegen den geschlossenen Vertrag der Allianz verstößt", sagt Darvon.

„Wir haben jetzt keine Zeit, darüber zu reden", meint Adria.

Sie schaut in Richtung der höchsten aller Mauern, die den inneren Bereich des Labyrinthes von dem äußeren trennt.

„Will und Älos werden höchstwahrscheinlich auf uns beim Durchgang warten, oder wir auf sie. Also dürfen wir keine Zeit verlieren."

„Ich stimme dir zu, wir sollten uns wirklich sputen", meint Darvon. Dann wendet dieser seinen Blick Richard zu.

„Kannst du noch? Du musstest einiges einstecken…"

„Es geht", antwortet Richard, wobei er seinen linken Mundwinkel fast schon spöttisch hochzieht.

„Was ist eigentlich mit dem Artefakt des Cellus?"

„Eine Phiole. Sie enthält eine durchsichtige Flüssigkeit… Wir sollten uns wirklich nicht zu lange an einem Ort aufhalten und mal in die Richtung des inneren Ringes weitergehen. Ich glaube, in den folgenden Kämpfen werde ich einfach besser aufpassen müssen…"

„Gut, nur eine Frage noch", sagt Arnt. „Hast du gerade eben gezaubert, ohne eine Zauberformel zu sprechen?"

Richard zuckt mit den Schultern. Die anderen richten ihre interessierten Blicke auf Richard.

„Es war eher Zufall, würde ich vermuten…", denkt Richard laut.

„Richard, ich habe da eine Frage, die jetzt vielleicht etwas zusammenhanglos klingt, aber erinnerst du dich vielleicht an einen Wizzle?", fragt Ariagon dann. Die Frage kommt sehr spontan und Richard setzt eine verdutzte Miene auf.

„Also… wie gesagt, meine Erinnerungen sind weg…", antwortet Richard. Die Magier halten das alles für etwas fragwürdig. Die Antwort hat sie irgendwie nicht zufrieden gestellt.

„Belassen wir es dabei", sagt Arnt schnell, doch er wirkt selber ziemlich gereizt, um nicht zu sagen neidisch. „Wir sollten wirklich weiter."

„Wir dürfen alle nicht vergessen, dass Richard sich an keinen von uns erinnert, also sollten wir ihm gegenüber etwas offener sein", sagt El Artren leise zu Ariagon, als sie weitergehen.

„Ja, du hast Recht…"

Zusammen laufen die Magier weiter in Richtung des inneren Ringes. Nun kann man sich vorstellen, wie extrem hoch der Ring zum inneren Bereich ist, verglichen mit den anderen Mauern. Je näher sie diesem kommen, desto genauer kann man den Höhenunterschied feststellen. Die Gänge werden etwas schmaler und etwas enger und die Truppe muss in einer Reihe weitergehen. Die Fackeln in diesen Gängen brennen schwächer als die der vorigen.

Dann wird es allmählich immer lehmiger und erdiger. Immer tiefer dringen sie in den Gang vor, der sie fast unmerklich bergab in eine kältere und feuchtere Dunkelheit als zuvor führt. Und bevor sie sich versehen, befinden sie sich in einem Erdtunnel. Die Magier werden langsamer und bleiben irritiert stehen.

„Ist das eine zweite Ebene des Labyrinths?", fragt Erea. Die anderen schauen sich nur höchst ratlos um. In diesem unterirdischen Teil brennen keine Fackeln, sodass nur das schwache Licht von außen das erkennbar macht, was in der Nähe ist.

„Wir sollten hier raus", meint Ariagon, „irgendetwas fühlt sich hier falsch an. Ich spüre es in der Erde."

Seine eingedellte Rüstung wird von einem Kieselstein beworfen und ein metallisches *Kling* hallt in der Höhle wider. Dann hört man in der Dunkelheit rechts vor ihnen ein leises Getrippel und ein hinterlistiges Kichern.

„Erea, siehst du was?", fragt Rebecka.

Weiteres Gekicher und trippelnde Füße sind zu hören.

Erea, die ja immerhin Finsternismagierin ist, konzentriert sich und schließt die Augen. Sie müsste, wenn sie sich konzentriert, in der Dunkelheit gut sehen können. Sie konzentriert sich auf die trippelnden Füße, auf das Gekicher… dann spricht sie ein paar knappe Wörter und öffnet ihre Augen. Es hat geklappt.

Erea erkennt etwa ein Dutzend kleiner menschenähnlicher Wesen. Jedoch haben sie den Kopf eines Schweines. Sie rennen wild umher, kichern und grunzen.

„Kleine, dicke Menschen mit Schweineköpfen", sagt Erea.

„Wie bitte?", wundert sich Richard.

„Ich kenn die Dinger. Das sind Fettils", sagt Ariagon. „Sie leben unterirdisch in Höhlen, zusammen mit Jambas und Maulwürfen, wie viele sind es?"

„Etwa ein Dutzend."

„Oh, das ist nicht gut. Alleine sind sie harmlose Witzfiguren, aber in einem Rudel…vor allen Dingen schließen sie sich für gewöhnlich nicht in Rudeln ohne Jambas zusammen. Und hier im Dunkeln kann man sie nicht sehen… Wir sollten raus hier, außer…"

„Außer was, Ariagon?", hakt Arnt nach.

„Hat einer von euch eine Kerze dabei?"

Die Magier setzen gerade dazu an, ihre Taschen zu durchforsten, als sie bereits damit aufhören.

„Wofür brauchen wir bitte jetzt eine Kerze?", wundert sich Erea.

„Sie mögen es, darauf zu kauen."

„Ähm… Sie mögen es, auf Kerzen zu kauen?"

„Jetzt frag nicht so viel, hat einer eine Kerze dabei oder nicht?", fragt Ariagon. Dann wird es plötzlich lauter, das Getrippel und auch das Gekicher.

„Sie kommen näher, Achtung!", meint Erea.

Aber es ist zu spät: Ein Fettil beißt Adria in den Finger.

„Aarrgghh", ruft diese und fasst sich an ihre Hand, an der Blut herabläuft… Der Finger fühlt sich an, als wäre er gebrochen.

„Adria, alles in Ordnung?", fragt Darvon.

„Nein, der Finger ist gebrochen, glaube ich", erklärt sie.

„Nicht gut", sagt Darvon. „Los, kommt! Wir sollten machen, dass wir hier rauskommen."

Die Truppe läuft aus dem Raum, den zu Lehm gewordenen Gang zurück und biegt dann rechts ab.

Darvon ist erleichtert. „Geschafft"

Doch da ertönt gedämpft aus Richtung der Höhle und des Lehmganges eine hohe piepsige Stimme, die anscheinend irgendwelche Schlachtrufe zum Besten gibt. Eine große Menge antwortet darauf mit ebenso nervigen Piepsstimmen.

„Oh oh… nicht gut", sagt Ariagon.

„Was gibt´s?", fragt Erea nach.

„Wir sollten laufen", sagt Ariagon. „Wenn ich auf die Geräusche im Boden vertraue", sagt er, hält kurz an und lauscht mit seinem Ohr am Boden den geheimen Schwingungen unter der Erde. Nach kurzer Zeit hebt

Ariagon den Kopf. „Sie nähern sich. Zwei Dutzend, nein, mehr…“

Die Magier nehmen die Beine in die Hand und laufen Arnt, der mit der Karte voranläuft, hinterher.

Dann bleiben sie stehen.

„Arnt, was gibt's?“, fragt Rebecka.

„Der Weg hier ist ne Sackgasse. Alle Wege, die von ihm abführen, enden.“

„Toll manövriert“, sagt Erea, „dann sollten wir uns bereit machen zum Kämpfen.“

„Ich versuche deinen Finger zu heilen“, sagt Arnt und geht zu Adria. „Richard, du ruhst dich erstmal aus, die anderen schaffen das schon so.“

„Aber…“

„Keine Widerrede. Ariagon, kannst du nicht eine Schutzmauer hochziehen?“

„Könnte ich, aber die Fettils würden sich mit Leichtigkeit durchbuddeln, hier im Boden ist zu wenig Gestein.“

„Mist… nun, wir haben keine andere Wahl, nicht wahr?“

„Doch, haben wir“, sagt Richard.

„Wie meinst du das?“, fragt Arnt.

Dann werden die Rufe lauter und die Fettils erscheinen am einen Ende des Weges. Sie rennen wie ein Haufen wild gewordener Hühner über und untereinander her. Arnt und Adria entfernen sich etwas vom Geschehen, damit Arnt den Finger heilen lassen kann. Doch Richard bleibt bei den anderen Magiern.

„Du wirst schon sehen“, sagt er und hebt seine rechte Hand in die Richtung der Monster.

„Richard, du hast bereits viel deiner astralen Kraft verbraucht. Du darfst dich nicht überstrapazieren!“, ermahnt Rebecka ihn scharf.

Richard setzt ein schräges Grinsen auf, genau wie bei den letzten Kämpfen. Es ist einschüchternd auf eine gewisse Art und Weise, denn es macht fast den erschreckenden Eindruck, als würde ihm das Kämpfen Spaß machen. Ist man jedoch Richard, so weiß man, dass dies Grinsen keineswegs aus der Lust am Kampfe entsteht, sondern aus dem Bewusstsein der lachhaft unterschätzten Überlegenheit seinerseits. Die meisten Monster sind für Richard seit kurzem nicht mehr erwähnenswert, denn er hat sich verändert. Diese Veränderung hat mit dem Durchschreiten des Portals begonnen. Sie hat mit dem Sieg über den Cellus und mit dem Verlust seiner Erinnerungen zu tun... Aber den Verlust seiner Erinnerungen kann und will Richard irgendwie nicht für seine enormen Fähigkeiten verantwortlich machen. Niemand von den Magiern ersten Ranges weiß genau, was passiert ist, halten es aber für unnötig, Richard weiter zu befragen, wenn er keine Erinnerungen mehr hat.

„Keine Sorge, ich werde mich nicht überstrapazieren. Ich bin leer", sagt er zu Rebecka.

Richard scheint etwas in der Luft zu greifen, dreht seine Hand im Uhrzeigersinn und die Hälfte der Fettils wird einfach zu Staub, wie vorher die Tentakel des Cellus. Richard schwankt kurz, verbirgt aber seinen Anfall von Schwäche, indem er so tut, als wäre er über einen Stein gestolpert. Die restlichen Fettils erstarren, als sie sehen, mit welcher Leichtigkeit Richard die Hälfte von ihnen weggeräumt hat. Dann werden sie langsamer, bis sie schließlich stehen bleiben.

„Haben sie Angst bekommen?", fragt sich Erea.

Plötzlich beginnen ihre Schweineköpfe wieder irgendwelche piepsigen Schlachtrufe zu brüllen und im

Todesmut rennen sie auf Richard zu. Doch bevor Richard sich gezwungen fühlt einzugreifen, begeben sich die anderen Magier in den Kampf.

Arnt stößt sich mit seinem Kampfstock vom Boden ab und springt in die Fettils, während die anderen Magier Zauberformeln zu sprechen beginnen. Adria sucht währenddessen Schutz hinter Richard. Nach kurzer Zeit ist der Kampf dann vorbei.

„Mahlzeit!", sagt Erea glücklich.

Etwa zwei Drittel von den Fettils geben reichlich Fleisch ab, die anderen sind zu dünn und knochig. Richard und Ariagon schneiden mit ihren Schwertern ordentliche Steaks zurecht. Rebecka braucht das Fleisch dann nur noch in ihrer Hand zu grillen und reicht, wenn ein Stück gut durch ist, das Fleisch weiter. Die anderen, etwas magereren Fettils hatten als einzige Wertgegenstände Marmeladengläser bei sich. Leere Marmeladengläser, die sie als Helme benutzt haben. Wo diese Biester Marmeladengläser auftreiben konnten, bleibt ungewiss. Jedenfalls ist das Fleisch vorzüglich und es ist genug für alle da.

Nachdem sich alle sattgegessen haben, setzen sie sich hin und machen eine Pause in einem schmalen Gang.

„Wie hast du das gemacht?", fragt Arnt Richard.

„Was gemacht?"

„Jetzt tu nicht so, als wüsstest du von nichts. Du hast nun schon zum zweiten Mal gezaubert, ohne Zaubersprüche zu verwenden. Den Cellus hast du mit Christaks Fähigkeit den Todesstoß verpasst, aber ich würde jetzt mal gerne wissen, wie du den Rest angestellt hast."

„Es tut mir wirklich leid, Arnt, richtig? Aber ich kann mich nur wiederholen, dass ich meine Erinnerungen verloren habe."

„Ja, die hast du verloren", sagt Arnt, „aber du hast auch
etwas gewonnen. Keiner von uns redet darüber, da du
ja doch nichts weißt und es keinen Sinn ergeben würde,
dich zu befragen, doch insgeheim wissen wir alle, dass
etwas passiert ist, als du durch das Portal geschritten
bist. Du bist ein Magier der Leere, du hättest
unbeschadet aus dem Portal wieder rauskommen
müssen."

„Was würdest du denn gerne hören?", fragt Richard
verständnislos. „Dass ich froh bin, euch zu sehen? Dass
ich mich vielleicht doch noch an irgendetwas erinnern
kann? Was mir passiert ist, nachdem ich, wie ihr sagt,
in das Portal geschritten bin? Ich weiß so gut wie nichts
mehr. Ich erinnere mich nur noch an einige wenige
Dinge. An die Leere und an die mit ihr verbundene
Magie."

Die anderen sind still und geben keinen Ton von sich.

„Ich würde mich ja gerne erinnern, weißt du?"

Arnt sitzt an eine Mauer gelehnt und schaut zu Boden:

„Und du erinnerst dich sonst an wirklich nichts? Auch
nicht an einen namens Wizzle?"

„Nein, noch nie gehört."

Richards Blick huscht kurz zu Rebecka und dann
wieder zurück zu Arnt.

„Und auch an sonst nichts anderes", sagt er und guckt
zu Boden.

Arnt hat den unauffälligen Blick wahrgenommen.

„Du lügst."

Stille. Man hört nur noch das laute Atmen der anderen.
Richard blickt langsam auf und guckt dann Rebecka
direkt an.

„Ja", sagt er, „es ist mehr ein Gefühl… aber ich
erinnere mich an dich, Rebecka. Auf irgendeine Art

und Weise, glaube ich, kenne ich dich."

Rebecka errötet leicht, was aber nicht sonderlich auffällt bei ihren rotbraunen Haaren und ihren feuerroten Augen.

„An… an mich?", stottert Rebecka.

„Das kann gut sein", meint Darvon, „immerhin hast du ihn zurückgerufen, Rebecka."

„Nein", entgegnet Richard, „es ist nicht nur das. Irgendwie… ich… ich weiß auch nicht, es ist noch etwas anderes."

Dann wird es wieder still. Die unangenehme Stille wird erst nach etwa einer Minute von Adria durchbrochen.

„Wir müssen weiter. Wer weiß, ob Will und Älos es zur hohen Mauer schaffen, wenn wir zu acht kaum durchkommen."

„Ja, du hast Recht", sagt El Artren, „wir haben lange genug Pause gemacht."

Langsam erheben sie sich und machen sich dann mit vollen Mägen auf in Richtung des Eingangs zum inneren Teil des Labyrinths. Arnt geht wie immer voraus mit konzentriertem Blick auf die Karte.

„Diesmal laufen wir in keine Sackgasse!", sagt er sich selbst.

Kapitel 11

Will und Älos haben gerade einen Kampf gegen einen vierarmigen Müffler hinter sich, dessen Fell jedoch unglücklicherweise nicht zu gebrauchen ist.

„Puuhh", meint Will, „das war ein harter Brocken."

„Ja, das war er", stimmt Älos ihm zu. „Es läuft erstaunlich gut für uns, wir können uns ungefähr am großen Ring orientieren, der zum Inneren des Labyrinthes führt."

„Ja, da habt ihr Recht, Meister", sagt Will, wirkt aber etwas aufgeregt und unruhig, abgesehen von der dauerhaften Anspannung, die man an diesem Ort verspürt. Älos bemerkt es sofort.

„Will, was liegt dir auf der Seele?"

Will bemerkt, dass er ertappt wurde.

„Nun…, Meister, wisst ihr vielleicht, was genau mit Richard passiert ist?"

Älos verzieht sein Gesicht zu einem unangenehmen, lustlosen Schmollen.

„Na ja… es ist nur eine Vermutung."

„Die ist mir genug."

„Gut, also… Wir suchen uns erstmal einen kleinen Gang, in dem wir eine kurze Pause machen können und wo wir ungestört sind."

Die beiden biegen an einer großen Kreuzung links ab, dann wieder rechts und finden dort einen schmalen, vielleicht einen Schritt breiten Gang, der von Efeu bewachsen ist. Was sie sagen, wird dort etwas gedämpft und Sichtschutz bietet der Gang auch.

„Ich nehme an, du wunderst dich, warum er plötzlich so viel älter ist?", fragt Älos leise.

„Ja, Meister."

„Nun gut. Ich und die anderen Magier haben eine Vermutung, was passiert sein könnte, undzwar kennst du doch sicher die Sage um Wizzle, oder?"

„Nein, nicht wirklich…"

„Wizzle?", fragt Älos verwundert nach. „Noch nie gehört?"

„Ne."

„Größter Magier aller Zeiten, ehemaliger Anführer der 20 Erzmagier von Growell, oberster Gott der astralen Kräfte…"

Will überlegt kurz, kratzt sich am Kinn. Dann macht er ein sich allmählich aufhellendes Gesicht und schnippt lächelnd mit seiner Hand.

„Ich wusste doch, dass du ihn kennen musst!", sagt Älos erleichtert.

„Klingelt nichts bei mir", sagt Will und sein Gesicht hat schlagartig wieder einen stumpfen Ausdruck angenommen.

„Du bist ein hoffnungsloser Fall, Will."

„Sonst wäre ich nicht ich", sagt Will und grinst. „Wie ist das nun mit diesem Wizzle?"

Älos denkt kurz nach und fährt dann fort:

„Genau, es gibt eine Legende, die davon handelt, wie Wizzle häufig in Gestalt eines Menschen zur Erde kam und so die ersten Erzmagier schuf. Und er beherrschte alle acht Elemente."

„Acht? Es ist doch schon kaum möglich, mehr als ein Element zu kontrollieren!", entgegnet Will.

„Ich weiß, ich weiß. Wie gesagt, es ist nur eine Vermutung. Es würde jetzt auch zu lange dauern, dir die ganze Legende von Wizzle zu erzählen. Um es kurz zu fassen: Angeblich sucht sich Wizzle alle hundert Jahre einen neuen Magier aus, den er ausbildet. Er pickt sich den Stärksten raus, den er findet. Die Ausbildung dauert etwa zehn Jahre, nur weiß keiner, wie man zu Wizzle gelangt."

„Wie hat Richard ihn dann gefunden?", fragt Will.

„Ist doch logisch: Richard hat doch gar nicht beabsichtigt, ihn zu finden. Wie gesagt, Wizzle sucht sich den Magier selber aus. Und als Richard durch das Portal schritt, nutzte Wizzle die Gelegenheit, um ihn zu sich zu bringen."

„Und Ihr meint, deswegen…"

„Genau, deswegen ist er so viel älter. Er hat eine zehnjährige Ausbildung hinter sich, kann sich aber seltsamerweise an nichts erinnern… Jetzt bleibt nur noch die Frage, weshalb er verletzt wiederkam."

Will knetet nachdenklich seine Unterlippe, doch eigentlich liegt es auf der Hand: „Ein Kampf."

„Genau", sagt Älos, „nur das *Wer* und das *Wieso* bleiben ungeklärt."

„Wir seid Ihr darauf gekommen, Meister?"

„In der Nacht, in der wir Richard weckten, habe ich Richards und Rebeckas Gespräch belauscht, während ich so tat, als würde ich schlafen."

„Meister, ihr seid wahrlich eine hinterlistiger Fuchs, seid ihr! Sowas…", sagt Will und grinst schief.

„Das ist keine Hinterlist, sondern Intelligenz, an der es dir ja bekannter Weise mangelt…"

„Hey!"

„Jedenfalls sagte Richard während dieses Gespräches, dass er sich an Zaubersprüche erinnert und mehr. Er sagte, er kenne *alle* Zaubersprüche der Leere."

Älos zieht die Augenbrauen hoch: „Ich habe meine Idee den anderen mitgeteilt. Sie waren, genau wie ich, mehr als skeptisch. Der Gedanke, die Legende der göttlichen Krieger, die von Wizzle ausgebildet werden, könnte wahr sein, war wohl einfach zu hoch für sie"

„Wir müssen die anderen wiederfinden, möglichst schnell, vielleicht gab es bereits Anzeichen die eure Vermutung bestätigen, Meister."

„Das vermute ich nämlich auch", sagt Älos und guckt den schmalen Gang entlang.

„Will, weißt du, welche Fähigkeiten der Legende nach dem übertragen werden, der von Wizzle unterrichtet wurde?"

„Nein, welche, Meister?"

Älos guckt ernst, dann wendet er seinen Kopf blitzartig und geschockt zum einen Ende des schmalen, von Efeu bewachsenen Ganges. Ein großer schwarzer Hund mit brennenden Augen und zwei Hörnern auf dem Kopf geht langsam am schlecht einsehbaren, schmalen Gang vorbei. Wäre das Efeu nicht, hinter welchem sich die beiden augenblicklich versteckt haben, wären sie höchstwahrscheinlich entdeckt worden.

„Ein Höllenhund", flüstert Älos, als das Ungetüm verschwunden ist.

„Die Dinger sind ziemlich stark, aber nicht viel stärker als vierarmige Müffler", sagt Will mit einem Blick, den er Älos über die Schulter auf die informativen Blätter wirft.

„Ja, die sind schon ordentlich… Oh, seht mal: anscheinend ist sein Fell feuerfest und auch nachts stellt das Fell einen guten Schlafuntergrund dar", sagt Will.

Älos und Will wenden ihre Blicke kurz von den Papieren ab, schauen sich gegenseitig an und beschließen wortlos, dass sie es dafür nicht mit einem Höllenhund aufnehmen sollten.

„Gut, der Hund ist weg, und ich glaube, wir sollten ihm auch nicht interherjagen", sagt Will. „Nun will ich es aber unbedingt wissen: Von welchen Fähigkeiten spracht Ihr soeben? Was vermutet Ihr, ist mit Richard geschehen?"

Kapitel 12

Arnt hat die Truppe gut geleitet. Sie sind allen Sackgassen entgangen und kommen dem Ring zum Inneren des Irrgartens immer näher.

„Wir sind gleich da!", ruft Arnt den anderen über seine Schulter zu. Die Wände sind immer noch extrem hoch, wenn nicht noch höher als zuvor, nur sind die Mauern mittlerweile ordentlich geschnittene Hecken und keine Steinwände mehr. Dann bleibt Arnt stehen.

„Wir können abkürzen, dann müssten wir hier irgendwie auf die andere Seite der Mauer gelangen", sagt er.

„Es sind Buchsbaumhecken, können wir nicht einfach die Zweige durchtrennen und so einen Durchgang schaffen?", schlägt Richard vor.

Die anderen denken nach.

„Das müsste eigentlich gehen", sagt Arnt, „aber das brauchst du nicht. Ich könnte ja auch versuchen, die Hecke so wachsen zu lassen, dass sie einen Tunnel bildet."

„Tolle Idee!", stimmt Erea ihm zu.

Arnt hebt seine Hände.

„*Dagaz Uruz Raidho Kenaz Hagalaz Gebo Ansuz Ingwaz*", rezitiert Arnt die Zauberformel und stellt sich vor, wie die Zweige nach seinem Wunsch wachsen. Als er jedoch hinblickt, um sein Werk zu betrachten, stellt er erschrocken fest, dass sich kein Ast bewegt hat.

„Wie kann…?", stammelt er.

„Hier stimmt etwas nicht…", sagt Richard plötzlich und bemerkt, dass die Öllampen, die an den Zweigen über ihnen hängen und die einzige Lichtquelle in diesem Gang zu sein scheinen, allmählich schwächer brennen.

„Erea, was geht hier vor sich?", fragt Arnt.

„Ich kann nichts erkennen, tut mir leid… meine Magie ist wie ausgelöscht…"

Ariagon hat sich hingekniet und tastet den Boden nach Vibrationen ab.

„Wir müssen hier weg… ", sagt er.

„Was fühlst du?", fragt Arnt.

Ariagon schaut mit einem verstörten, leicht verängstigten Blick in Richtung der Dunkelheit, die sich langsam, aber sicher nähert.

„Nichts, das ist es ja gerade… "

Rebecka versucht eine Flamme in ihrer Hand zu entzünden, doch es klappt nicht. Es klappt gar nichts.

„Mein Feuer… es ist erloschen", sagt sie.

„Ariagon hat Recht, wir müssen hier weg", sagt Richard und blickt nach oben zu den Öllampen, die nun fast ganz erloschen sind.

„Es ist ein Dämon", sagt Richard.

„Woher willst du das wissen?", fragt Rebecka.

„Arnt, dein Dämonenkubus. Er leuchtet unter deinem Umhang!", bemerkt Erea.

Der Dämonenkubus ist ein magisches Artefakt zum Aufspüren von Dämonen und astralen Divergenzen. Man muss ihn sich wie einen würfelförmigen Stein vorstellen, der von Rissen durchzogen ist. Die Leuchtfarbe der Risse gibt einem an, was nicht stimmt.

„Ein Dämon?"

Arnt kramt aus seinen Taschen das leuchtende Artefakt hervor und ist erstaunt, als er sieht, wie stark blau die Risse des Dämonenkubus leuchten. „Ein äußerst starker…"

Arnt klingt, als würde er etwas Schlimmes befürchten.

„Ich habe noch nie von einem Dämon gehört, der Magie wirkungslos macht... Das geht doch nicht, oder?", denkt Rebecka laut nach.

Dann hört man ein tiefes Atmen weit über ihren Köpfen.

„Der Name des Dämons ist Ibal. Sein Name hallt wieder in der Leere...", sagt Richard.

Dann gehen die Lichter in den Öllampen ganz aus. Das schwache Schwarzlicht, das von Richards Kristallschwert ausgeht, ist nun die einzige Lichtquelle. Um sie herum ist es dunkel. Eine Dunkelheit, wie sie bisher noch nicht der Fall war. Dunkler als das, was man normalerweise unter dunkel versteht. Tausend Menschen könnten leise auf Tribünen in der Finsternis sitzen, ungesehen, wäre da nicht das Schwarzlicht. Dann hört man etwas Dünnes, etwas Spitzes, durch die

Luft gleiten. Etwas Präzises, mit einem Hauch von abstoßender, widerwertiger Anmut.

„Aaarhhg", hört man kurz darauf. Ein kurzer erstickter Schrei, der so schnell verklingt, wie er erklang. Die Öllampen werden langsam wieder heller.

„So leicht kann sich eine scheinbar friedliche, sichere Lage in einen Kampf um Leben und Tod verwandeln", denkt sich El Artren. *„Nein, keine sichere Lage, hier ist es niemals sicher... Wieso bin ich mitgegangen in dieses Haus? Ich wollte nicht mit, ich war von Anfang an dagegen. Warum bin ich also doch mitgekommen? Wieso?"*

El Artren stöhnt laut auf und hat die Augen weit aufgerissen. Der große Stachel des Dämons hat ihn mitten durch den Bauch gestoßen. Er hängt aufgespießt in der Luft und *denkt* noch für die letzten wenigen Sekunden:

„Warum streitest du mit dir selbst, El Artren? Es ist vorbei, jetzt ist es endlich vorbei. Das Licht des Lebens, das zurückkehrt in die Dunkelheit, aus der es stammt. Die Geschichte hat gerade erst begonnen, aber ich werde bereits so früh gerufen... Ich bin meiner Frage ausgewichen: Wieso?"

El Artren fasst sich erschöpft mit beiden Händen an den Stachel, seine Gliedmaßen werden schlaffer, der Hauch des Lebens verfliegt langsam.

Die anderen blicken ungläubig nach oben zu ihrem Freund, der aufgespießt dort hängt. Es sind die letzten Momente, in denen sein Herz schlägt.

„Weil ich Freunde habe, die zu mir halten und ich wohl auch zu ihnen. Wir sind eine Familie. Die Octa ist mein

zu Hause und durch meine Aufträge, die der Orden mir
gab, konnte ich das tun, wonach es mich dürstete: das
Licht erkennen und es teilen. Licht ist so vieles... Was
ist es für euch, meine Freunde?
Danke."

Drei Herzschläge bleiben noch.

„*Ich sehe es. Endlich!*"

Die Öllampen flammen nun wieder auf und man sieht
die ganze Gestalt des Dämons. Er ist groß und scheint
aus zerfetzten schwarzen Gewändern zu bestehen. Eine
schwarze Kapuze verdeckt das Gesicht des Ungetüms.
Er scheint keine feste Gestalt zu haben. Aus den
Rauchschwaden, die ihn umgeben, ragen einige lange
Stacheln hervor. Schwarz. Und am längsten dieser
Stacheln hängt der leblose Körper von El Artren. Dann
streift sich der Dämon die Kapuze zurück und man
erkennt einen humanoiden Kopf mit den schuppigen
schwarzen Ansätzen eines Drachen.
Der Dämon wirft El Artren in die Luft, reißt sein Maul
auf und mit einem widerlich knirschenden Geräusch
landet der Alb im Maul und wird bereits zerkaut. Rotes
Blut läuft über das Kinn des Dämons und er zieht sich
seine Kapuze wieder über. Unter dieser tropft etwas
von El Artrens Blut hinunter auf den Boden.
Ein Schauer läuft den Octamagiern den Rücken runter.
Darvons Schweiß setzt sich eiskalt an sonst warmen,
fettigen Regionen ab.

„*Aaaaaahhhh*", stöhnt der Dämon mit einer tiefen,
machtvollen Stimme wie nach einem erfrischenden
Getränk.
Die Pupillen der Magier zittern von den verschiedens-

ten Gefühlen. Trauer, Zorn, Verzweiflung, Angst... es ist eine Mischung aus alledem.

„DU BESCHISSENE MISSGEBURT!", brüllt Arnt den Dämon an, hat seinen Stock erhoben und rennt schon auf ihn zu. „ICH WERDE DICH RICHTEN, DÄMON!"

Er springt vom Boden ab, auf den Dämon zu, während er in der Luft nach einem frontalen Schlag mit seinem Kampfstab ausholt.

Normale Waffen würden nichts gegen Dämonen ausrichten... alleine legendäre Waffen und Artefakte verursachen Schaden, sowie die Dämonenklingen. Des Weiteren können in der Regel nur Feuermagie und Lichtmagie einen Dämon verletzen.

Rebecka schließt ihre Augen. Sie lässt ihren ganzen Zorn auf den Dämon in ihre Magie fließen und die Gewissheit, dass nur sie, Arnt und Richard etwas gegen diesen Dämon ausrichten können. Dann öffnet sie ihre Augen, zwei Feuerbällen gleich, und zorniger blickend als die aller anderen. Und sie beginnt die Formel zu sprechen:

„*Fehu Ehwaz Uruz Ehwaz Raidho Berkana Ansuz Laguz Laguz!*"

Sie streckt ihre Hände von sich und... es klappt. Warum auch immer: Die Magie ist zurückgekehrt! Es entsteht ein Feuerball zwischen ihren beiden Handflächen, der immer größer wird. Ihre Tunika wirbelt wild um sie herum und ihr orangenes Stirnband flattert in dem Wind, den der Feuerball verursacht.

Sie blickt hinüber zum Dämon, der im selben Moment von Arnts frontalem Angriff abgelenkt ist. Dann feuert sie. Sie hebt ihre Arme in die Richtung des Dämons und ein gewaltiger Feuerball rast mit unglaublicher Geschwindigkeit auf das Ungetüm zu.

Als Arnt gerade zuschlägt, wird der Hieb seiner legendären Waffe von der schwarzen Spitze pariert, die noch von El Artrens Blut verklebt ist.

Arnt hält kurz in der Luft dagegen, muss aber der Kraft des Dämons nachgeben und landet mit einem geschmeidigen Salto wieder auf dem Boden, als auch schon Rebeckas Feuerball auf den Dämon zurast. Dieser ist zu groß, als dass der Dämon schnell genug ausweichen könnte. Der Feuerball trifft ins Schwarze und der Dämon brüllt zornig auf.

„Dieses Miststück", sagt Richard und schaut zu Boden. Sein Blick ist zu sehen, da seine Haare zur Seite geweht sind: starr und verrückt.

„Du hast… keine Chance", sagt er und wieder umspielt ein Lächeln seine Lippen. Dann rennt er mit Christak schreiend auf den Dämon zu. Der Dämon bemerkt das und stößt mit dem Stachel nach ihm. Richard springt hoch und der Stachel stößt unter ihm ein Loch in die Erde. Richard nutzt den Stachel unter ihm als neuen Weg, springt auf ihn drauf und läuft den Stachel entlang.

Der Dämon versucht ihn abzuschütteln, doch wird er bereits von Arnt attackiert, der mit dem Stock nach ihm schlägt.

Die anderen Magier, nicht imstande dem Dämon zu schaden, halten sich währenddessen zurück und sehen besorgt und verärgert darüber, dass sie nichts tun können, zum Kampf herüber. Sie haben kein Wort untereinander über El Artren verloren. Unfähig daneben stehen, während nur drei von ihnen Rache üben können… es zehrt an ihren Nerven.

„FRISS METALL!", ruft Richard und stößt Christak dem Dämon in die Brustregion. Der Dämon schreit wieder. Seine Stacheln schwingt er wild um sich herum in rasender Wut. Es scheint, als wäre Zorn das einzige Gefühl, das diesem Wesen geblieben ist. Eine Abscheulichkeit, wie es die meisten Monster sind…ohne Gewissen, ohne Gefühle.

Richard zieht das Schwert wieder aus ihm heraus und landet vor den Füßen des Dämons auf dem Boden, um etwas Abstand zwischen sich und den Dämon zu bringen. Er atmet schwer, wobei sich seine Brust lebendig hebt und senkt. Kampfbereit blickt er dem Dämon entgegen.

Unerwartet fasst Rebecka ihm von hinten an die Schulter und dreht Richard zu sich um.

„Ich hab eine Idee", sagt sie und umschließt mit ihren Händen Richards Hände, die Christak noch immer fest umklammern.

„Was…?"

„*Berkana Raidho Ehwaz Naudhiz Naudhiz Ehwaz*", sagt sie und die Kristallklinge fängt Feuer.

Erstaunt sieht Richard sein Schwert an. „Gute Idee. So fügt meine Klinge dem Dämon nochmal mehr Schaden zu! Das ist unser Vorteil, richtig? Der Dämon ist stark, aber wir sind nicht allein!"

Der Dämon registriert das brennende Schwert und ein Stachel rast bereits auf Richard und Rebecka zu.

„Richard, Achtung!", kreischt Rebecka. Richard hebt instinktiv seine rechte Hand. *„Insaniae!"*, ruft er laut und wird von einer lila-grünen Aura umfangen.

Nur wenige von den Octamagiern kennen nicht rakomirische Zaubersprüche…, doch dieser ist ihnen allen neu.

Kapitel 13

Älos und Will sind nun in einen Teil des Irrgartens gelangt, der dem inneren Kreis näher liegt. Die Mauern bilden hier sehr hohe Buchsbaumhecken. Bei näherer Betrachtung stellt man jedoch fest, dass die Äste ungewöhnlich dick und die Mauer aus Ästen ungewöhnlich breit zu sein scheint.

„Es ist nicht möglich, sich einen Weg hindurch zu bahnen. Auch als Naturmagier nicht… diese Hecken sind magiesicher", stellt Älos fest.

„Hier weiß ich jetzt nicht mehr, wie es weitergeht. Ich war mir bereits vorhin unsicher, aber der Buchsbaumabschnitt des Irrgartens ist definitiv richtig, das weiß ich noch", sagt Älos.

„Wir sind ja weit genug gekommen. Jetzt müssen wir nur versuchen, immer in Richtung des inneren Ringes zu gehen, und den sieht man ja bereits", überlegt Will.

Älos nickt und blickt sich um.

„Ach ja, Will", sagt Älos, „ich würde gerne ne Pause machen. Ein Apfel wäre jetzt toll!"

„Kommt sofort, Meister!"

Die beiden setzen sich an die Buchsbaummauer und entspannen ihre Muskeln. Sie sind ordentlich gerannt vorhin. Der Höllenhund hatte sie gewittert und sie mussten schnell fliehen.

Will kramt aus seinem Rucksack zwei Äpfel hervor und reicht einen davon Älos.

„Danke", sagt dieser und nimmt einen großen Bissen. Will nimmt einige Schlucke aus seinem großen Wasserbeutel und reicht Älos dann den seinen.

„Ooh, ja! Das tut gut!"

Älos lacht kurz, als er den Apfel und das Wasser sieht.

„Man darf hier unten nicht vergessen, dass das Leben auch seine guten Seiten hat!"

Älos trinkt weiter aus dem Wasserbeutel: „Ahhh…, weißt du? Manche werden hier unten verrückt, bevor die Monster sie kriegen! Aber isch nisch!"

„Ja, Meister, nur Ihr wart schon immer verrückt auf Eure ganz eigene Weise", sagt Will, merkt aber, dass Meister Älos gerade noch etwas verrückter als sonst ist. Sein Blick wirkt auch irgendwie ein kleines bisschen abwesend…

„Hahahaharrr, da hast du Recht, mein Junge! Und, wie läuft es grade im Liebesleben? Ich meine zu g- glauben, zwischen dir un Adria hätt es jefunkt!"

Will guckt ihn verwundert an.

„Meister…? Oh… Moment mal!"

Will nimmt Älos den bereits fast leeren Beutel wieder weg und nimmt selber einen Schluck daraus. Rum.

„Gip ihn mir zurüch!", sagt Älos schläfrig.

„Meister, Ihr seid betrunken!"

„Dazu braucht et nischt viel, *hicks.*"

„Ihr könnt Euch einfach nicht zurückhalten…, wir sind hier von Monstern umgeben! Das ist mehr als lebensgefährlich, was ihr da tut! SCHÖNE SEITEN DES LEBENS? Meint Ihr das ernst?"

Will fährt sich durch die Haare, ratlos wie er mit seinem betrunkenen Meister nun verfahren soll.

„Wir sollten warten, bis Ihr wieder nüchtern seid, dann können wir weiterge-", Will hält inne. Hat er da einen Schrei vernommen? Es hörte sich wie El Artren an…

Doch er hat keine Zeit, weiter darüber nachzudenken, denn plötzlich ertönt ein Schnaufen, ähnlich dem eines wütenden Hundes.

Dann kommt es um die Ecke, anscheinend hat das Monster die Witterung nicht verloren. Der Höllenhund. Seine brennenden Augen sind auf den betrunkenen Älos gerichtet: „Forcht du Scheusal! *Fehusch hicks, Laguz Isaa Ehwatsch Gebo hicks!*"

Älos Zauberspruch ist so genuschelt und undeutlich, dass der Zauber nicht ganz das tut, was Älos wollte.

Er wird vom Wind aufgegriffen und fliegt auf den Höllenhund zu.

„Ne! Will aber nischt!", quengelt Älos im Flug.

Dann knallt er mit seinen Stiefeln gegen die Stirn des Ungetüms, das zurückspringt und wütend knurrt.

„Nicht gut", sagt Will, „was soll ich jetzt tun?"

Der Höllenhund schnieft Rauch aus seinen Nasenlöchern und rennt dann direkt auf Älos zu. Will muss schnell reagieren.

„*Fehu Laguz Isa Ehwaz Gebo*!", ruft Will und der Höllenhund wird noch, während er auf Älos zurennt, in die Luft gehoben. Verwirrt rennt der Hund noch etwas in der Luft weiter. Als er merkt, dass er den beiden Magiern hilflos ausgeliefert ist, hört er auf zu rennen.

„Meister, gebt mir die Notizen des Höllenhundes!"

„Hier, mäin Junge", sagt Älos und zieht aus seinem Mantel das zerknickte gelbliche Papier über den Höllenhund hervor. Will geht zu Älos, nimmt es ihm schnell aus der Hand und beginnt zu lesen.

„Ich wusste doch, dass dieses Ding noch ein Ass im Ärmel hat…"

Der Höllenhund fliegt noch immer vor ihnen in der Luft. Doch da reißt er sein Maul auf. Sein Rachen wird rot und Funken sprühen aus seinem Rachen hervor.

„Soll dasch so sein? *Hicks.*"

Die brennenden Augen des Höllenhunds färben sich zu einer leicht bläulichen Flamme. Dann nimmt der Hund den Kopf zurück und schießt einen blauen feurigen Ball aus seinem Maul.

Älos stellt sich schnell vor Will.

„*Wunjo Ehwaz Naudhiz Dagaz Ehwaz*", sagt Älos sauber, ohne zu nuscheln. Der Ball fliegt knapp an ihnen beiden vorbei und wendet kurz vor der Buchsbaumhecke, an der Älos gerade eben noch saß und Rum getrunken hat.

„Meister, wie..?"

„Lektion 3: Sei stets wachsam,…", beginnt Älos und zieht seine beiden Hände durch die Luft. Es sieht so aus, als würde Älos ein langes unsichtbares Seil halten, an dessen Ende der Feuerball ist.

„…und erwarte, was nicht zu erwarten ist."

Der Feuerball fliegt im großen Bogen zum Höllenhund zurück, dieser kann, da er noch in der Luft ist, nicht ausweichen und wird von seinem eigenen Feuerball getroffen. Will löst den Zauber des Höllenhund, der diesen in der Luft hält, sodass der Schwung des Feuerballs den Hund gegen den Boden schmettert.

Der Höllenhund rollt einige Meter über den Boden, wobei er etwas Rauch hinter sich herzieht. Doch schon steht er wieder auf. Als er ausschnaubt, dringt schwarzer Qualm aus seinen Nüstern.

„*Sowilo Kenaz Hagalaz Naudhiz Ehwaz Isa Dagaz Ehwaz!*", rufen beide Magier zugleich. Augenblicklich werden aus ihren Händen zwei scharfe Windschnitte entfesselt, die wie Messer die Luft teilen. Sie treffen den Höllenhund frontal. Dies bedeutet dann endgültig das Ende der Bestie. Will dreht sich zu Älos um, der gerade höchst selbstzufrieden durch die Gegend schaut.

„Am Ende musste ich zwar etwas helfen… Hast du aber trotzdem hervorragend gemeistert, Will!"

„Meister, Ihr habt die erstaunlich lebensgefährliche

Eigenschaft, die Situationen, in denen Ihr Euch befindet, nicht als lebensgefährlich anzuerkennen!"

„Ich unterweise dich nur, so gut ich kann."

„Mir vorzugaukeln, Ihr wärt betrunken, nennt Ihr eine Unterweisung?"

„Nein", antwortet Älos amüsiert, „nur Leichtgläubigkeit deinerseits."

„Haha. Witzig... Jetzt aber etwas Wichtigeres: Ich glaube, gerade eben einen Schrei gehört zu haben."

„Konntest du die Stimme jemandem zuordnen?", fragt Älos.

„Es war El Artren. Es hörte sich an, als würde er Schmerzen erleiden."

„Gut, weißt du noch ungefähr die Richtung?"

„Ja, in etwa", glaubt Will sich zu erinnern.

„Wir haben nichts, um den Höllenhund zu häuten, obwohl das Fell so wertvoll ist, schade drum", sagt Älos.

„Stimmt, und selbst wenn, unsere Freunde haben nun Priorität", sagt Will und läuft voraus in die Richtung, aus der er die Schreie vernommen hat. Wenn die beiden doch nur wüssten, dass sich aus dem feurigen Rachen eines erlegten Höllenhundes manchmal ein extrem scharfes, nicht rostendes Schwert ziehen lässt, das Dämonen töten kann…

Kapitel 14

Der Stachel prallt mit ungeheurer Kraft gegen den Zauber, den Richard aufrechterhält. Das *Insaniae* ist ein begrenzter Raum, in dem nichts existiert. Es ist sehr anstrengend, so einen Zauber zu wirken, daher wird die Fläche des Insaniae nicht sehr groß und man muss gut zielen. Aber es klappt.

Als der Stachel das unsichtbare Insaniae trifft, wird er langsamer. Dann beginnt sich der Stachel aufzublähen, und noch bevor der Dämon ihn zurückziehen kann, löst sich der Stachel auf und wird zu Staub und der Dämon brüllt auf vor Schmerz. Er ist abgelenkt. Arnt und Rebecka haben jetzt die Gelegenheit anzugreifen.

„Ariagon!", ruft Rebecka, „bring mich hoch!"

Ariagon versteht, spricht eine Zauberformel und der Boden unter Rebeckas Füßen schießt in die Höhe. Nach sechs Metern hat Rebecka etwa die Kopfhöhe des Dämons erreicht und springt ab.

Der Sprung befördert sie genau über den Kopf der stacheligen Bestie.

„*Fehu Ehwaz Uruz Ehwaz Raidho…*", beginnt sie. Im Flug dreht sie sich um sich selbst, sodass sie nun gerade nach unten auf den Kopf des Dämons schaut.

„*Sowilo Tiwaz Uruz Raidho Manaz!*"

Ihren Händen entspringt ein Feuersturm, der auf den Dämon herabwirbelt. Auf der Stelle geht sein Kopf in Flammen auf. Rebecka selbst wird vom Rückstoß des Flammenwirbels noch höher in die Luft befördert. Sie befindet sich in etwa acht Metern Höhe, was etwas zu hoch ist, um geschmeidig landen zu können.

„*Sowilo Ansuz Kenaz Hagalaz Tiwaz Ehwaz*", ruft Darvon und hält seine beiden Arme in Rebeckas

Richtung. Ihr Sturz verlangsamt sich und mit einem geschmeidigen Purzelbaum landet sie auf dem Boden.

Jeder normale Dämon hätte nach diesen Angriffen bereits längst verloren. Doch dieser hier hat einen Namen: Ibal. Und Dämonen mit Namen gibt es nur wenige.

Die Flammen legen sich wieder und der Dämon bemerkt nun, dass sich der Großteil der Gruppe abseits des Geschehens befindet. Er bewegt sich auf diese zu.

„Verdammt!", ruft Arnt. Er läuft zwischen dem Dämon und seinen Freunden durch, den knöchernen Kampfstab hinter sich herziehend. An den Stellen, an denen der Kampfstock über den Boden streift, wachsen Bäume und bilden eine massive Mauer, die rasant in die Höhe steigt und dem Dämon knapp über den Kopf reicht.

Doch die Baummauer scheint kein Hindernis zu sein. Der Dämon schlägt mit seinen Stacheln auf die Mauer ein. Bereits nach wenigen Sekunden bricht diese zusammen und hinterlässt einen großen Haufen Holzsplitter. Des Sieges gewiss, blickt der Dämon auf die Magier hinab.

„Rebecka!", ruft plötzlich   jemand von irgendwo. Irritiert sucht Rebecka nach der Person, doch sie erkennt niemanden. War das nicht…?

„Entzünde die Holzsplitter!", ruft die Stimme wieder.

Rebecka tut, wie ihr geheißen, spricht die Wörter und entzündet den riesigen Haufen an Holzsplittern.

„Genauso!", hört man die Stimme. Dann beginnen zwei Personen einen Zauber zu sprechen: *„Fehu Laguz Isa Ehwaz Gebo…"*

Währenddessen kommt der Dämon den vier Magiern, die nichts gegen ihn ausrichten können, immer näher.

Darvon und Ariagon haben sich vor Erea und Adria

gestellt, um sie zu schützen. Genauso hoffnungslos wie zwecklos. In dem Moment fliegen die brennenden Pfeilsplitter langsam empor und richten sich nach dem Dämon aus.

„...*Tiwaz Wunjo Isa Ehwaz Perthro*..."

Die zwei kleinen Gestalten, die mit Schwert und Stock auf ihn einschlagen, kümmern den Dämon Ibal nicht wirklich in diesem Moment. Rebecka hat zu viel ihrer Astralkraft verbraucht und muss eine kurze Pause machen. Christaks spezielle Fähigkeit kann Richard noch nicht wieder anwenden und ihm fallen für diese knifflige Situation auf die Schnelle keine Zaubersprüche ein. Ihre letzte Hoffnung...

„*Fehu Ehwaz Isa Laguz Ehwaz!*"

sind der Schüler und der Meister.

Die tausenden brennenden Splitter fliegen pfeilschnell auf den Dämon zu. Es ist wie ein überdimensionaler Pfeilregen, der den Dämon Ibal trifft, als er gerade mit seinen spießartigen Gebilden zuschlagen will. Er reißt den Kopf nach oben und brüllt noch lauter als zuvor. Sein ganzer Körper ist nun eine brennende Landschaft. Ein Waldbrand auf einem grausamen Berg. Doch ebenso unbeugsam ist der Dämon, denn noch gibt er nicht auf. Mit letztem Todesmut stößt er einen seiner großen Spieße in Richtung der vier Magier, die ihm schutzlos ausgeliefert sind.

„*Insaniae!*", ruft Richard, als er das sieht, doch er muss selber einen kleineren Stachel des Dämons parieren und schafft es daher nicht, vorher zu zielen. Der Zauber verfehlt den Stachel knapp.

„*Ich bin älter als meine Freunde*", denkt sich Darvon und wirft sich schützend vor den Stachel. Er fühlt dieselbe Kälte, die vorhin El Artren verspürte. Sie ist fast angenehm, wäre da nicht der stechende Schmerz im Körper. Alle seine Sorgen sind wie vom Winde verweht.

Es ist vorbei. Ich habe keine Verpflichtungen, keine Freunde und keine Feinde. Ich bin frei, frei wie ein Vogel. Es stimmt. Wenn man stirbt, läuft einem das ganze Leben vor dem inneren Auge ab... und auch die besonders schönen Momente.

Ein Wald, es ist ein sonniger Herbsttag.

„Darvon, weißt du, warum der Herbst die Jahreszeit des Windes ist?", hast du mich gefragt, Älos.

„Nein. Weshalb, Meister?", fragte ich verwundert, doch... doch Ihr habt mir nicht geantwortet.

Jetzt kenne ich die Antwort: Weil der Herbst ein Wandel ist. So wie der Wind nach Belieben seine Richtung ändert und zum Schluss das Herbstblatt trocknet und vergeht, nachdem es vom Zweig geweht wurde, so verweht nun mein Leben. Das Leben gleicht der Ruhe und der Tod dem Sturm. Das Herbstblatt wartet darauf, hinweggeweht zu werden, warten wir nur auf den Tod? Ist das das Leben? Der Sinn des Lebens? Wenn ja, dann bin ich glücklich, eine so schöne Wartezeit gehabt zu haben, umgeben von so wunderbaren Menschen.

Hätte ich dich doch nur noch einmal gesehen... Älos, mein Meister, mein Vater, den ich nie hatte...

Darvon ist auf der Stelle tot. Rebecka verbraucht in rasender Wut ihre letzten Reserven, spricht die Formel und schießt noch einen letzten Feuerball auf den Dämon. Der Angriff trifft ins Schwarze. Der Dämon, der bereits zu stark angeschlagen war, stürzt um und sein Kadaver verdampft und löst sich auf in schwarzen

Rauch.

„NEIN!", ruft Erea, die hinter Darvon stand. Darvons lebloser Körper fällt ihr in die Arme und weinend blickt sie auf ihn hinab.

„WARUM MUSSTEST DU MICH RETTEN?", brüllt sie, „warum, Darvon… warum?"

Erea kann so viele sterbende Freunde nur sehr schwer verkraften. Sie ist immerhin die Jüngste von ihnen allen, das darf man nicht vergessen.

Adria und Ariagon stehen daneben. Sie haben beide ihre rechte Hand auf die linke Brust gelegt und die Augen geschlossen.

Richard, Arnt und Rebecka kommen angerannt.

„Nein… d- das darf nicht w- wahr sein", stammelt Arnt, „DIESER SCHEISS ORT! DIESER VERFLUCHTE IRRGARTEN! WIR HÄTTEN NIEMALS HIER REINGEHEN DÜRFEN!"

„Ist gut, Arnt", sagt Richard, der rechts neben ihm steht, und legt Arnt seine linke Hand auf die Schulter. Arnt beißt die Zähne zusammen und schließt verkrampft die Augen. „Es ist meine Schuld. Ich habe die verwirrenden Gänge nicht durchschaut. Hätte ich…"

„Hätte, hätte. Es ist nicht deine Schuld", sagt Rebecka. Sie umarmt Arnt, dem eine Träne über die Wange läuft. Währenddessen hört man laut wiederhallende, hastige Schritte in dem Gang. Die Magier des Ordens drehen sich um. Es sind zwei Personen, die direkt auf sie zurennen. Die gedimmten Lichter lassen jedoch nur Umrisse erahnen. Als sie sich nähern, erkennt man, wer die beiden sind: Es sind Will und Älos.

Adria springt auf, ein nasses Gesicht, wie bei ihrem Abschied.

„WILL?", ruft sie und läuft auf ihn zu. Älos kommt

schnell näher, bemerkt Darvon und wird dann immer langsamer.

Adria fliegt Will in die Arme und er fängt sie auf. Sie drehen sich ein bisschen und kommen dann zum Stillstand. Will ist etwa einen halben Kopf größer, sodass Adria hochblickt und sich auf die Zehenspitzen stellt, als sie ihn küsst.

Es ist kein kurzer Kuss. Sie hatte die letzten Tage nur auf diesen Moment gewartet und ihn auch angezweifelt. Hier unten gab es keinen Tag, nur Nacht und es hatte sich angefühlt wie Wochen. Sie löst ihre Lippen wieder langsam von den seinen und blickt weinend zu ihm hoch.

Will hat Darvon noch nicht bemerkt. „Was ist denn los? Ist es so schlimm, mich wiederzusehen?"

Sein Lächeln verfliegt, als er Älos kniend, weinend und zitternd über Darvons leblosen Körper geneigt sieht.

„Nein…"

„Will, er…", setzt Adria an.

Will fasst sie bei der Hand und geht geradewegs auf Darvon zu. Er stellt sich zu den anderen, schluckt und sieht in die Gesichter seiner Kameraden. Es ist totenstill, bis auf ein Nasehochziehen vielleicht, das ab und zu zu hören ist. Dann bemerkt er, dass der, den er vorhin schreien hörte, fehlt: El Artren. Er denkt, er hätte ihn nur übersehen, doch auch auf den zweiten Blick sieht er ihn nicht.

„W- w- wo ist E- El Artren?", stammelt er.

Er traut sich bei dieser Frage keinem ins Gesicht zu schauen. Die Reaktion würde ihm bereits die Wahrheit verraten, die er im Kopf als falsch abtun will.

„Wo ist-", beginnt er wieder, als keiner ihm antwortet.

„Tot", sagt Ariagon und beißt sich auf die Lippe.

Älos schließt Darvon die Augenlider.

„Darvon, weißt du, warum der Herbst die Jahreszeit des Windes ist?", fragt er und weint ein ersticktes, leises Weinen.

„Du weißt die Antwort, nicht wahr?", beantwortet Älos sich selbst die Frage.

Kapitel 15

Ariagon hat Darvon unter einem kleinen Hügel begraben und Arnt hat einige Blumen darauf wachsen lassen. Weiße Klingelblüten und blauer Nachtstern. Rakomirische Trauerpflanzen, die meist auf Friedhöfen zu finden sind. Von El Artren können sie sich leider nicht mehr verabschieden. Es ist nichts mehr übrig, was man verabschieden könnte.

Die acht stehen im Kreis um das Grab, die rechte offene Handfläche auf die linke Brust gelegt. Sie öffnen die Augen und nehmen die Hand wieder runter.

„Ruhet in Frieden, Darvon, El Artren", sagt Arnt, „euer Tod war nicht umsonst."

Sie verneigen sich vor dem Grab und drehen sich um. Keiner wirft einen Blick zurück.

Richard geht etwas voraus und sieht ein Schwert im Boden stecken. Doch er fühlt auf eine unerklärliche Weise, dass es mehr als das ist.

„Nicht irgendein Schwert", sagt Erea als sie näher kommt, „das ist das *Schwert der schwarzen Seelen*. Es ist die legendäre Waffe Nummer drei, geschaffen für Magier der Finsternis."

Erea ist von Ehrfurcht ergriffen, als sie das Schwert in die Hand nimmt. Es ist leicht und elegant. Eine schwarze Klinge mit zwei weißen Schneideseiten, ein Anderthalbhänder. In der Parierstange, die ebenso wie der Griff und die Klinge größtenteils schwarz ist, befindet sich der weiße Seelenstein, der die Seelen der vom Besitzer getöteten Monster speichert.

„Ein wahrer Gewinn", meint Älos, „doch für einen zu derben Verlust."

„Steck es dir ein, es gehört dir", sagt Richard und atmet gelangweilt aus.

Erea wendet sich schüchtern ihren Freunden zu. „Seid ihr sicher? Ich war nicht die, die den Dämon erschlagen hat."

„Wir alle haben dazu beigetragen, bis hierhin zu kommen", meint Rebecka. „Abgesehen davon ist es doch nicht verwunderlich, dass du nichts ausrichten konntest. Finsternis ist das wirkungsloseste Element gegen Dämonen. Da dieses Schwert nur richtig in den Händen eines Finsternismagiers funktioniert und du die Einzige von uns bist, die die Finsternis beherrscht, bist du auch die Einzige, die dieses Schwertes würdig ist."

„Danke", sagt sie nur und fährt mit dem Finger an der Klinge entlang. Nach einigen Millimetern hat sie sich geschnitten und etwas Blut rinnt ihren Finger herunter.

„Es ist scharf, als wäre es gerade vom Schleifer gekommen", bemerkt Erea, dann lächelt sie. „Es will benutzt werden."

„Es wird Zeit, hier wieder rauszukommen", sagt Ariagon. „Wir haben das, was wir wollten, und auch das, was wir befürchteten."

„Ja, du hast Recht. Lasst uns weitergehen", meint Adria.

Richard wendet sich leise Arnt zu: „Hättest du was dagegen, wenn ich uns wieder weiterführe? Ich glaube, ich kann das wieder übernehmen."

Arnt reicht ihm die Karte und zeigt ihm, wo sie sich gerade befinden. „Mach es besser als ich und lasse dich von den Gängen hier nicht verwirren."

Obgleich Arnt Richard noch immer nicht traut, will Arnt sich von dieser Aufgabe befreien, da er befürchtet, seine Freunde erneut fehlzuleiten. Das darf nicht mehr passieren…

„Verstanden", sagt Richard und geht voraus.

Sie schreiten wieder durch die Gänge des Irrgartens. Rebecka hat eine Flamme entzündet und hält diese in ihren Händen, sodass die Umgebung etwas beleuchtet wird. Die Lichter an den Mauern sind hier deutlich schwächer als in den vorigen Gängen und es ist kaum etwas zu erkennen.

„Du, Richard?", sagt Arnt.

„Ja?"

„Du hast doch auch bemerkt, dass kurz bevor der Dämon zugeschlagen hat, unsere Zauber keine Wirkung zeigten."

„Ja."

„Woran lag das?"

„Ich wollte dich nicht beunruhigen, da es nur ein Bauchgefühl war, jedoch…"

„Jedoch?", hakt Arnt interessiert nach. Dann wird Richard etwas leiser, sodass die anderen nichts mitbekommen.

„Ich habe eine Präsenz gespürt. Ich glaube, dass uns jemand verfolgt."

„Verfolgt?"

„Leise! Ja, ich vermute, dass er oder sie auf die passende Gelegenheit wartet, um uns anzugreifen. Lass die anderen aber vorerst im Glauben, es hätte etwas mit dem Dämon oder mit der unzerstörbaren Buchsbaumwand zu tun."

„Aber", setzt Arnt an. Richard schüttelt jedoch den Kopf.

„Wir wollen ihnen, nach dem was vorgefallen ist, nicht noch mehr Sorgen bereiten. Ich glaube, dass die Schuld auf seinen eigenen Schultern zu tragen, auch dazu gehört, ein Anführer zu sein und momentan… sind wir das ja irgendwie beide", sagt Richard und setzt ein Lächeln auf.

Arnt sieht traurig lächelnd zu Boden. „Ja. Ich habe irgendwie das Gefühl, Richard, dass du langsam wieder auf den richtigen Weg kommst. Ich hoffe, dass du bald wieder weißt, wer wir alle sind."

Richard nickt und wendet seinen Blick wieder zur Karte. Kaum sieht er diese, erschrickt er.

„Was gibt's?", fragt Rebecka von, die seine Reaktion am Rande mitbekommen hat, von hinten.

Dann blickt Richard voraus in die Dunkelheit. Seine Augen sind leer wie immer.

„Richard?", fragt Will.

„Wir sind da", sagt Richard.

Die anderen blicken auch voraus und plötzlich gehen die Fackeln in der Umgebung wieder an und der Gang wird erleuchtet.

Der Weg vor ihnen führt geradewegs auf einen Torbogen zu, den Eingang zum inneren Teil des Irrgartens. Die große Mauer erstreckt sich nun direkt vor ihnen in die Höhe, hinein in die schwarze Suppe, die den Himmel darstellt. Dann ertönt plötzlich ein Kreischen, es hört ich nach einem Reptil an.

„Rebecka, lösch die Flamme!", sagt Richard.

„Ja!", sagt sie, schließt die Hand, in der die Flamme brennt, zu einer Faust, und die Flamme erlischt.

Angespannt warten sie auf weitere Laute oder auf ein plötzliches Erscheinen. Eine Minute vergeht. Ein Schweißtropfen läuft an Ariagons Stirn herunter und tropft zu Boden.

Dann hört man es wieder, das Kreischen, nur von weiter weg.

„Der Schattendrache", sagt Ariagon. Seine Stirn liegt in Falten.

„Er hat sich entfernt", meint Rebecka erleichtert und noch immer angespannt.

Es scheint sicher zu sein, für den Moment. Etwas langsamer als zuvor bewegt sich die Truppe auf den Torbogen in der höchsten aller Mauern zu. Er sah von weitem kleiner aus. Als sie sich ihm nähern, lassen sich von Nahem Details erkennen: Es ist Sandstein, der einen widerlich dicken, schwarzgrünen Belag von Dreck hat. Links und rechts vom Torbogen brennen zwei besonders große Fackeln. Als sie unter den Torbogen treten, merken sie jedoch, dass die hohe Mauer, die den inneren Kreis bildet, nicht nur eine hohe Mauer ist.

„Freunde, seht euch das an", sagt Richard. „Das hat die Karte nicht angezeigt."

Das, von dem sie ursprünglich dachten, es wäre eine Mauer, ist in Wirklichkeit ein Rundweg. Innerhalb der Mauer befindet sich ein Gang.

„Wir dürfen nicht in den Rundweg", sagt Älos und tritt heran.

„Was? Weshalb, es sieht doch ziemlich sicher aus", überlegt Erea.

„Es soll auch sicher wirken. Aber Fakt ist, dass der Großteil der Monster diesen Weg verwendet, um an unterschiedliche Teile des Irrgartens zu gelangen."

„Also geradeaus", meint Richard mit Blick auf die

Karte. Kurz bevor sie das Tor passieren, wirft er einen Blick über die Schulter.

„Wir sind weit gekommen. Das ist euer Verdienst", sagt er leise zu sich selbst, *„meine unbekannten Freunde, Darvon und El Artren."*

Sie passieren das Tor und betreten den inneren Teil des Irrgartens. Es riecht nach verwesendem Fleisch und Moder. Rechts und links sind nun wieder feste Mauern aus dunkelgrauem Stein und geöffnete Verliese zu sehen. Zerrissene Ketten und Armschellen liegen dort drin.

„Ist das gut…?", fragt Erea zu Älos gewandt und deutet auf die offenen Verliese.

„Diese Zellen sind bereits seit Äonen geöffnet. Der Irrgarten war nicht immer eine eigene Dimension…"

Er wirft den offenen Zellen einen angewiderten Blick zu.

„Wie meinst du das denn jetzt?", fragt Arnt.

„Es gibt eine Geschichte. Der Irrgarten war ein Gefängnis. Es gab viele tausende Gefangene und auch viele Wachen. Lokeris, der Gott des Spiels und des Vergnügens, trennte zusammen mit Wizzle diesen Irrgarten vom Rest der Welt und machte ihn zu einem Ort der Heimkehr für all die Seelen der Monster, die von den 13 abtrünnigen Göttern geschaffen wurden. Was aus den Gefangenen und den Wachen wurde, weiß man bis heute nicht… Manche glauben, sie seien verhungert, andere sagen, die Monster hätten sie verschlungen, da man ihren durch den Höllenwächter manifestierten Seelen an diesem Ort ansonsten keine Nahrung schenkt. Wieder andere meinen, die Gefangenen und die Wachen wären verrückt geworden und hätten sich schlussendlich selbst… in Monster verwandelt. Die Ketten, die hier liegen, liegen hier wahrscheinlich schon seit Jahrhunderten, Jahrtausenden und sind Überbleibsel der ehemaligen Gefangenen…"

Die anderen haben Älos Geschichte gespannt gelauscht.

„Ich mag die Geschichte nicht", sagt Erea schlicht.

Älos runzelt verständnislos die Stirn. Da erzählt er eine alte Sage und man bekommt eine so stumpfe Antwort.

„Wie dem auch sei", sagt er und wechselt das Thema. „Das Portal nach draußen liegt in der Mitte. Wir haben auf jeden Fall schon über die Hälfte geschafft"

„Moment, wartet mal und schaut euch das an", sagt Richard. Sein Blick ist fasziniert auf die Karte gerichtet. Es sind wieder leuchtende Punkte erschienen, kurz nachdem sie das Tor zum Inneren des Labyrinths durchschritten haben. Die anderen kommen zur Karte und stecken die Köpfe zusammen.

„Scheiße", sagt Will, als er die Karte sieht.

Das mit einem X markierte Portal in der Mitte ist von vielen roten Punkten umgeben. Die blauen Punkte zeigen an, wo sich die Magier zurzeit befinden. Doch es sind neue Farben dazugekommen: Zwei grüne Punkte sind etwas hinter ihnen zu erkennen. Das müssen Darvon und El Artren sein.

Doch das Erschreckendste ist der eine blaue Punkt, der weit weg von ihnen in der Nähe der beiden grünen Punkte über die Karte streift. Der einzelne blaue Punkt ist enorm schnell und das Verwirrende ist, dass er die Mauern vollkommen zu ignorieren scheint.

„Wer…?", überlegt Will.

Doch die leuchtenden Punkte werden bereits wieder schwächer und verschwinden letztendlich. Ernst schauen sie einander an, um sich selbst zu bestätigen, dass ihnen ihre Augen keinen Streich spielen.

Richard erkennt, dass es keine gute Idee wäre, die

Annahme weiter zu verheimlichen. Die Wahrheit muss aushelfen. „Wir werden verfolgt."

„Ich wusste, ich hatte was gespürt…", sagt Älos und kratzt sich am Kinn.

„Wie meint Ihr das, Meister?", fragt Will.

„Kurz bevor wir das Haus betraten, bemerkte ich ein Geraschel im Gebüsch. Ich tat es als Wind ab, aber anscheinend war es etwas anderes."

„Wo Ihr es gerade sagt…, ich glaubte auch, etwas gehört zu haben."

„Und ihr habt uns nichts gesagt?", fragt Arnt.

„Ich bemerkte das Geraschel zwar, doch ging ich ebenfalls davon aus, es wäre der Wind", sagt Will.

„Es war zu vage, um dahinter etwas zu vermuten", sagt Älos. „Anscheinend haben wir es mit einem starken Gegner zu tun. Der Punkt hat sich ungewöhnlich schnell bewegt und dabei die Mauern komplett außer Acht gelassen und der Drache ist das sicher nicht, sein roter Punkt ist ja an einer anderen Stelle umhergekreist…"

„Wir sollten hier so schnell wie möglich den Weg rausfinden", meint Richard, „bevor uns der findet, der hinter diesem Punkt steckt"

Sie gehen weiter, diesmal in einem etwas schnelleren Tempo. Die Mauern hier sind weniger kantig wie die bisherigen. Es sind viele gerundete Kreuzungen zu sehen. Erhellt werden die Gänge hier durch Laternen mit bunten Glasfensterchen, in denen ein kleines Feuer brennt. Der Boden ist mittlerweile weniger erdig, sondern gepflastert mit festem Gestein.

Dann kommen sie an eine besonders breite Gabelung. Richard bleibt stehen.

„Freunde", sagt er, „diese Gabelung ist auf der Karte nicht verzeichnet."

„Wie? Das kann nicht sein", entgegnet Älos, kommt näher und nimmt die Karte unter Augenschein.

„Wirklich… keine Kreuzung."

Richard schaut sich die Weggabelung genau an. An der Mauer in der Mitte, die den Weg in zwei teilt, hängt eine große Laterne und taucht die Umgebung in buntes, flackerndes Licht. Es erinnert etwas an die Atmosphäre im Ordensgebäude der Octa, wenn abends die Sonne durch das bunte Fenster scheint, nur um einiges unheimlicher.

„Es ist ein Rätzel… oder eine Prüfung", sagt Richard und geht sich mit der Hand durch seinen stoppeligen weißen Bart.

Da erscheint plötzlich ein Holzschild mit einem Runenschriftzug unter der Laterne. Es wächst nicht aus dem Boden oder etwas in der Art, es ist einfach da und die Magier sind sich sicher, dass es vor wenigen Sekunden noch nicht da war. Älos nähert sich interessiert und liest laut vor:

„Drei Proben sind zu bestehen,
Meister sie um weiterzugehen,
Die erste kommt auf überraschende Weise,
Oh, siehe da! Sie nähern sich schon ganz leise…"

„Gegner, von denen wir nichts wissen?", fragt Adria verwundert und wirft zweifelhafte Blicke in die Dunkelheit vor und hinter sich. Arnt hält seinen Kampfstab bereit und blickt sich um, die Augenbrauen konzentriert zusammengezogen. Dann schnüffelt er kurz in der Luft wie ein Hund.

„Arnt, was…", setzt Erea an.

„Ich spüre zwei Monster", sagt Arnt und blickt nach oben. Manche Monster, die Tieren oder Pflanzen ähneln, kann Arnt gut wahrnehmen, außer sein Geruchssinn wird in erdigen Höhlen oder unter Wasser beeinflusst.

„Da sind sie!", sagt Erea und zeigt in die Dunkelheit. Dann stürzen urplötzlich zwei Harpyien auf Arnt hinab mit ausgefahrenen Krallen.

Harpyien sind eine Mischform von Frau und Greifvogel. Sie haben Flügel, Schnabel, Beine und Krallen eines Greifvogels. Der Leib und der Kopf sind jedoch menschlich. Sie sind für ihre Überraschungsangriffe bekannt.

Arnt atmet ein.

Er reagiert blitzschnell und schlägt die eine mit dem Kampfstab zur Seite, die sehr schmerzhaft auf dem Boden landet. Die zweite ist jedoch beinahe zeitgleich herabgestürzt. Arnt kann den Schlag zwar nicht mehr parieren, hat jedoch genug Zeit, mit dem Stab den Boden zu berühren, aus dem ein kleiner Baum wächst.

Die zweite Harpyie knallt mit voller Kraft gegen den ihr entgegen kommenden Baum und fällt noch schmerzhafter zu Boden.

Arnt atmet aus und klemmt sich den Stab mit einer flinken Drehung unter die Achsel.

Die Harpyien können trotz ihres ansatzweise menschlichen Erscheinungsbildes nicht reden, geben aber greifvogelähnliche Laute von sich, dem Schattendrachen sehr ähnlich, aber etwas schriller.

„Euresgleichen hat kein Gewissen", sagt Arnt und blickt in das Frauengesicht der Harpyie.

„Egal wie menschlich ihr ausseht, ihr denkt nur ans Töten."

Er rammt der einen den Kampfstab in den Kopf und die Harpyie fällt tot zu Boden.

„Ich frage mich, was das für Götter sind, die sich solch Grausames wünschen", sagt er, während er zur zweiten geht. „Welche, denen langweilig ist? Warum wollt ihr uns töten? Wir sind doch nicht die, die angreifen! El Artren und Darvon waren nicht die, die angriffen!", brüllt er die Harpyie an. Diese kreischt jedoch nur ihr greifvogelartiges Kreischen aus ihrem Schnabel, der auf dem menschlichen Gesicht sitzt.

„Fühlt ihr denn etwas, wenn man euch tötet? Fühlt ihr etwas?"

Sie faucht und steht auf, um sich auf Arnt zu stürzen.

„*Fehu Ehwaz Sowilo Sowilo Ehwaz Laguz!*", ruft Arnt. Ranken wachsen aus dem Boden und fesseln die Harpyie an Ort und Stelle.

„Anscheinend nicht…", sagt er zu sich selbst.

Er geht zu ihr hin und rammt ihr den Stab durch den Bauch. Auch sie stirbt.

„Aber wir fühlen etwas."

Arnt reißt den beiden Harpyien die vier größten Krallen aus. Es sind hohle Krallen, die man gut als Trinkbecher verwenden kann.

Er steckt sie sich in eine der Taschen seines langen Rauledermantels.

Richard ist verwundert… Arnt hat ähnlich reagiert wie er selbst bei den Rittern des dunklen Bundes.

„Kann es sein, dass es etwas anderes ist, ob man Monster tötet oder

monströse Menschen?", überlegt Richard.

„Gut gesprochen, Arnt", sagt Ariagon und zieht ihn in eine kurze Umarmung. Ariagon klopft ihm stärkend auf den Rücken und geht dann zu Älos, der sich wieder das Schild unter der Laterne ansieht. Die Schrift verschwindet und neue Runen erscheinen:

„Nutze die Kraft, die du dir leihst,
Finde den Weg, den die Erkenntnis dir weist,
Bestreite es, mit erhobenem Haupt,
Überwinde es, was du selber glaubst"

„Überwinde, was du selber glaubst? Was soll das denn bitte heißen…", fragt sich Erea.

„Es ist kein physisches Monster, gegen das wir kämpfen", sagt Älos und blickt die anderen mit weit aufgerissenen Augen an. „Wir müssen gegen unser inneres Monster kämpfen. Davon stand etwas in den Büchern…, ihr müsst euren Glauben finden, findet eure Motivation!"

Doch da bricht Älos zusammen und bleibt ohnmächtig auf dem Boden liegen.

„Meister!", sagt Will und kommt, um zu sehen, wie es Älos geht. Doch noch während er läuft, fällt er auch um und bleibt auf dem Boden liegen.

„Will!", ruft Adria noch, doch auch sie kippt zur Seite. Kurz darauf fallen auch die anderen Magier zu Boden und in einen tiefen Schlaf…

Kapitel 16

Erea Haruki

Erea sitzt auf einer Wiese. Es ist ein Sommertag und die Sonne wirft lange Schatten über die hügeligen Felder nördlich des Flusses *Lenuel*. Südwestlich liegt die Stadt *Ny-Azh-Naduur*.

Es ist eine Erinnerung an vergangene Tage. Erea ist etwa zehn Jahre jünger und blickt verträumt durch die Gegend. Ihre Eltern sind Bauern und haben dieses Jahr eine reiche Ernte. Ereas Vater kommt zu ihr und setzt sich neben sie.

„Mein kleiner Spatz", sagt er und geht ihr mit der Hand durch die schwarzen Haare. Erea lächelt. Ihre großen schwarzen Augen schimmern schwach lila im Lichte der untergehenden Sonne.

„Es ist jemand gekommen", sagt Ereas Vater und lächelt traurig.

„Wer denn?", fragt die junge Erea.

„Ein Lehrer. Er wird dich an einen Ort bringen, an dem du lernst, deine Magie zu verwenden", sagt der Vater. Erea blickt ihn verunsichert an.

„Deine Mutter und ich mussten lange dafür sparen, weißt du?", sagt er. Er hält seine Tränen zurück. „Wir werden dich für einige Zeit nicht mehr sehen."

„Ich will nicht weg!", quengelt Erea.

„Es ist das Beste für dich. Deine Mutter und ich behindern dich nur, bei dem was du mit deiner Gabe erreichen könntest."

„Ich will aber nicht weg!", ruft Erea und beginnt zu weinen. Ihr Vater nimmt sie in den Arm und streichelt ihr den Kopf. „Ist ja gut"

Eine Zeitlang verweilen sie so.

„Komm mal mit", sagt der Vater und er nimmt Erea bei der Hand. Er geht zum Feldweg, an dem das Haus von Ereas Familie liegt. Ein hellbrauner Hengst ist dort angeleint. Neben dem Pferd steht ein etwas kleinerer dicker Mann.

„Hallo, meine Kleine", sagt der Mann freundlich, als Erea und ihr Vater zu ihm stoßen, „mein Name ist Darvon."

Erea blickt zu dem kleinen Mann hoch und versteckt sich hinter ihrem Vater. Dieser gibt ihr einen kleinen liebevollen Schubs.

„M-Mein N-Name ist Erea", sagt sie und schüttelt Darvons Hand.

Darvon blickt Ereas Vater an und legt ihm seine Hand auf die Schulter.

„Es ist die richtige Entscheidung, Dirk"

Da kommt Ereas Mutter aus dem Haus gerannt, mit einem kleinen in Handtücher gepackten Reiseproviant.

„Hier, mein Spatz", sagt sie und gibt Erea das Päckchen.

„Mama, Papa", sagt Erea und beginnt zu weinen, „ich will nicht, ich will bei euch bleiben!"

„Keine Sorge", sagt Ereas Mutter unter Tränen, „wir begleiten dich, wohin du auch gehst, d- du musst nur an uns denken…"

„Wir werden dir Briefe schreiben, sooft wir können", sagt Dirk.

Bevor sie aufbrechen, drückt Dirk Darvon noch einen Brief in die Hand.

„Wenn sie alt genug ist", flüstert Dirk Darvon zu. Dieser versteht und steckt ihn sich ein.

„Wir lieben dich, mein Schatz", sagt Ereas Mutter und gibt ihr einen Kuss auf die Stirn. Dirk umarmt sie noch einmal fest. Dann reiten Darvon und Erea los, der untergehenden Sonne entgegen nach Westen. Das Ziel ist die Stadt Calabra.

Die Jahre vergehen und in dem Orden der magischen Octa werden ihre Talente erkannt und man bildet sie in ihrer Magie weiter aus, bis sie selber zu einer jungen Meisterin wird. Sie wartet auf Briefe, die nie ankommen, und Darvon bewahrt den einen Brief, der ihm gegeben wurde auf. Es kostet ihn einiges an Selbstüberwindung, ihn all die Jahre für sich zu behalten, während er selbst die Wahrheit kennt...

Erea wird nie erfahren, was mit ihren Eltern geschah, und Gelegenheit sie aufzusuchen wird sie auch nicht wieder haben. Täglich plagen sie Befürchtungen. Leben sie noch? Wurden sie aufgrund ihrer Unterstützung der Rebellen bereits getötet?
Ereas Gedanken werden immer wilder und schlimmer, von Tag zu Tag. Irgendwann ist in ihr eine so große Finsternis, dass sie alles einfach so hinnimmt. Sie erkennt ihre Befürchtungen und quälenden Gedanken als selbstverständlich an und hält sie versteckt, ganz, ganz tief in ihr drin.
Die Finsternis hält sie fest umschlungen wie ein Mantel, den sie sich umwerfen kann.
Doch nun steht sie vor der Erkenntnis, dass sie es wissen will. Sie will wissen, was mit ihren Eltern geschehen ist. Die Finsternis, diese Unwissenheit, will nun raus und kommt ans Tageslicht. Es ist ihr nicht mehr egal. Es war ihr nie egal! Erea steht nun vor einem dunklen langen Weg, den sie alleine beschreiten muss. Finsternis, ja. In der Finsternis ist man immer allein.

Erea folgt dem Weg mit einem klaren Ziel vor dem inneren Auge: Wissen um der Wahrheit willen. Sie will ihre Eltern wiedersehen. Ihre Eltern…, sie warten am Ende des Weges.

Sie fasst sich ans Herz und läuft mit geschlossenen Augen durch die Finsternis, den Weg entlang bis ins Licht.

Das Ende ist die Erkenntnis. Sie hat nun ein Ziel, einen Grund, diesem Irrgarten zu entkommen, und zwar die Magierin zu werden, die sich ihre Eltern immer erträumten.

Erea erwacht.

Ariagon Carduin

Ariagon befindet sich in Calabra, einer muffigen, dreckigen Stadt, zumindest ist sie das in den kleineren Straßen und abgelegenen Vierteln. Es ist unsicher, sich alleine dort aufzuhalten.

„Siehst du sie, hier, deine Geliebte? Hey! W-Wach bleiben!", sagt der Mann, der Ariagons Frau ein Messer an den Hals hält. Ariagon ist um die zwanzig und hat die Magie noch nicht für sich entdeckt.

Er liegt gerade auf dem Boden, nicht fähig, sich zu bewegen. Der Mann mit dem Messer hat ihn beinahe bewusstlos geschlagen. Dennoch wirkt es so, als sei der Täter verunsichert, als hätte er Angst vor dem, was er zu tun plant.

„D-Du gibst mir jetzt dein ganzes Geld und…, und alle Wertgegenstände, die du bei dir trägst!"

„Ist gut!", bettelt Ariagon, „nur bitte töte sie nicht!"

„Her mit dem Geld!", brüllt der Täter, er hat anscheinend Tränen in den Augen. Ariagon greift sich mit einer blutenden Hand in die Tasche und zieht einige Silbermünzen hervor.

„Hier", sagt er mit zittriger Stimme, „das ist alles, was ich habe."

Der Täter zählt die paar Münzen und lacht leicht verrückt. Er zieht seine Augenbrauen stark zusammen und die Falten auf seiner Stirn beben. Dann sagt er etwas, das Ariagon akustisch nicht versteht. Der Täter brüllt es ein zweites Mal: „Das REICHT NICHT!"

Ariagon beginnt zu weinen: „Ich habe nicht mehr."

„Ich bring sie um", sagt der Mann und seine Augen sind weit aufgerissen.

„NEIN! BITTE!", brüllt Ariagon, „ich tue alles, was du willst!"

Ariagons Frau weint leise, während an ihrem Hals bereits etwas Blut entlang läuft. Der Mann hält das Messer fest, mit einer verkrampften Hand.

„Ich… ich brauche nur Geld. Ich… brauche es ganz einfach!", sagt der Mann zu Ariagon. „Verstehst du?"

Ariagon schaut zu Boden und versucht seine Tränen zu unterdrücken, um die Situation zu meistern.

„VERSTEHST DU?", brüllt er wieder und tritt Ariagon heftig gegen den Bauch. Er fällt zu Boden und schnappt röchelnd nach Luft, wobei er anfängt zu husten und Blut auf das Straßenpflaster spuckt. „Nein, lass ihn!", ruft Ariagons Frau und neue Tränen laufen ihr übers Gesicht.

„Ich tu es. JETZT!", schreit der Mann und schneidet der Frau die Kehle durch. Sie fällt tot aus seinen Armen und landet vor Ariagon auf dem Boden. Ariagon zuckt zusammen und hört auf zu weinen.

Sein gebrochenes Bein ist jetzt unwichtig. Seine inneren Blutungen sind egal. All seine Wunden sind ihm egal. Er steht auf, als wäre nichts. Seine braunen langen Haare gewähren nur Blick auf einen blutverschmierten Mund, an dem sich keinerlei Emotionen ablesen lassen.

Der Mörder schaut entrüstet auf seine Hände und zittert am ganzen Leib. Das Messer fällt ihm aus der Hand: „Ich h-hab es getan. W-Was h-hab ich d-denn nur getan…", stammelt er vor sich hin.

„Du hast meiner Frau", sagt Ariagon plötzlich mit fester Stimme, „die Kehle aufgeschlitzt. Der einzigen Person, der ich je mein Herz öffnete, hast du ein Ende gesetzt."

„Es, i-ich wollte nicht, i-ich konnte doch n-n-nicht…", stammelt er.

„Behalt mein Geld, du kannst es haben, mein Leben kannst du auch haben. Denn es kümmert mich nicht mehr, ob ich lebe, ob ich sterbe…", sagt Ariagon und seine braunen Augen funkeln durch den Vorhang seiner Haare.

„Jetzt ist alles egal, denn sie…", Ariagons Hände werden zu Fäusten, „war mein Leben!"

Ariagon hat die Grenze überschritten. Der Lebenswille, der jedem Lebewesen eingehaucht wurde, verfliegt und für diesen Moment auch seine Schmerzen. Es ist hart, ja. Gestein ist es auch.

Der Mann mit dem Messer brüllt plötzlich auf. Seine Füße sind von der gepflasterten Straße zerquetscht worden. Die Erde wächst an seinem Körper nach oben und verschlingt den Mörder von Ariagons Frau letztlich vollkommen. Zuletzt hört man nur noch das Qualgeschrei, bevor er an einer Mischung aus Schmerzen, zerquetschten Körperteilen und mangelndem Sauerstoff stirbt.

Ariagon hat seine Skulptur geschaffen. Ein Meisterwerk, doch mit seiner Vollendung sind die Schmerzen nur noch größer als zuvor. Er bricht zusammen und beginnt wieder bitterlich zu weinen. Auf allen Vieren kriecht er zu seiner Frau, die tot im Schlamm dieser Seitenstraße liegt.

„Ich liebe dich", sagt er noch und gibt ihr einen Kuss auf die Stirn. Dann bleibt er regungslos neben ihr liegen. Es wird schwarz.

„Was bin ich nur für ein Mensch? Nicht fähig, seine Frau zu beschützen. Nur fähig, Rache mit Gerechtigkeit gleichzusetzen und sich selbst davon zu überzeugen, es wäre das Richtige", denkt sich Ariagon.

„Ich will sie beschützen können. Alle, alle um mich herum will ich beschützen! Ich will stärker werden! Meine Kräfte sollen für Gutes verwendet werden. Die Quelle meiner Kraft soll nicht länger die Trauer, sondern die Kraft selbst sein."

Während er bewusstlos neben seiner toten Frau in der dreckigen Straße liegt, kommt zufälligerweise ein Magier der Octa vorbei und rettet ihn. Für seine Frau ist es zu spät.

Doch aus seinem Schmerz hat Ariagon nun seine Erkenntnis gewonnen. Einen Grund weiterzumachen. Einen Sinn, diesem Irrgarten zu entkommen.

Um die zu beschützen, die mir am wichtigsten sind... muss ich leben.

Plötzlich schnappt Ariagon nach Luft und erwacht.

Adria Baldar und Will Gray

Will ist in einem Bauerndorf nahe Calabras. Es ist Mittag und die Bauern arbeiten gerade auf ihren Feldern. Ab und zu hört man jemanden rufen und einer etwas abseits notiert sich Zahlen auf einer Wachstafel. Ein Liedchen vor sich hin pfeifend, geht Will das Maisfeld entlang. Abgesehen davon, das Wetter an der frischen Luft zu genießen, hat Will heute vor, eine Frau aufzusuchen, die angeblich heilendes Wasser besitzt. Er ist im Auftrag des Ordens der magischen Octa unterwegs, denn Älos, ein Windmagier, der vor kurzem sein Meister geworden ist, hat sich eine schlimme Erkältung eingefangen. Angeblich wartet die Frau vor einem Haus auf diesem Weg.

Will geht den Weg weiter entlang und sieht von weitem eine Frau stehen, die ihm lächelnd zuwinkt. Sie ist einfach da, urplötzlich. Ihre blonden Haare leuchten in der Sonne und wehen leicht in der aufkommenden Brise. Sie ist etwa so alt wie er, vielleicht 18, oder etwas jünger…

Er läuft die letzten Meter zu ihr hin und bleibt dann vor ihr stehen. Große blaue Augen mustern ihn.

„Du musst Will sein", sagt sie.

„Ja… ähm, ist das so offensichtlich?", fragt er verunsichert.

„Nein, aber hier laufen nicht viele mit Lederjacke und Schwert durch die Gegend", sagt sie und schenkt ihm ein Lächeln.

„Oh… also, ja. Das ist wohl nicht unauffällig. Also, du bist Adria, richtig?"

„Ja, und ich gebe dir auch direkt das Heilwasser, warte."

Sie geht in das Haus, vor dem sie gewartet hat, und holt

eine Phiole.

„Hier", sagt sie und überreicht sie ihm.

„Danke", sagt Will, als er die Phiole greift. Er fasst ihr dabei aber unbeabsichtigt vielsagend an die Hand und sie blickt ihn verwirrt an. Will wird rot und nimmt schnell die Phiole.

„Ich danke dir vielmals", sagt er und macht eine kleine Verneigung.

„Keine Ursache, damit wird es Meister Älos bald wieder besser gehen", antwortet sie.

Für einige Sekunden ist es peinlich still, aber Will bleibt ohne offensichtlichen Grund stehen, statt zum Rückweg aufzubrechen. Adria klemmt sich ihre blonden Haare mit der Hand hinters Ohr und blickt ihn an. „Will, ist noch was?"

„Nein, ist nicht so wichtig"

Dann dreht er sich um und läuft den Weg zurück, schnell wie der Wind. Als er außer Sichtweite ist, wird Adria auch rot und fasst sich mit beiden Händen an ihre Wangen.

„Oh nein, was mach ich nur!"

Den Rest des Tages denken beide über diese Begegnung nach.

Was ist das?, fragen sich Will und Adria beide.

Eigentlich ist es klar.

Ein Gefühl, für das es sich zu kämpfen lohnt. Eine Emotion, die über alle anderen Gefühle siegt und diese auch vereint. Es ist ein Band, das die Personen miteinander verbindet.

Es vereint den Schmerz mit dem Hass, schafft Kummer und Eifersucht, auch Freude und Zuversicht. Alles entspringt diesem einen besonderen Gefühl, wie ein Fluss zum Meer wird, aber einer Quelle entspringt.

Und aus diesem Schmerz, dieser Zuneigung, dieser Sehnsucht, dieser Wut, dieser allgegenwärtigen Liebe und aus dieser ersten Begegnung entspringt sie, die Erkenntnis:
Du bist meine Motivation, verstehen beide zugleich. Sie schnappen hustend nach Luft und erwachen.

Rebecka Faris

Rebecka ist alleine. Es brennt. Um sie herum bricht der erste Stock stückchenweise herunter. Sie ist noch jung, man würde sie auf zwölf Jahre schätzen. Eines der Holzstücke ist auf ihr Bein gefallen und sie kann sich nun nicht mehr fortbewegen. Es ist heiß und die Luft wird immer stickiger. Der Rauch benebelt ihre Sinne und nach kurzer Zeit verliert sie das Bewusstsein.
Sie liegt alleine im brennenden Holzhaus.
Die Ritter der Stadtwache von Azbalon haben eine Kette gebildet und tragen Holzeimer herbei. Die Bewohner im näheren Umfeld helfen auch aus. Doch der Brand ist vom einen Haus auf zwei weitere übergesprungen. Das Feuer breitet sich aus, aber weshalb? Eigentlich müsste es durch das viele Wasser kleiner werden…

Rebecka weiß noch nichts vom Orden und kennt Magie nur vom Hören. Dass sie eine Feuermagierin ist, weiß sie nicht und genauso wenig können sie, die Ritter und Dorfbewohner, wissen, dass Rebecka der wahre Grund für das Feuer ist.
Ihre Mutter ist bei ihrer Geburt gestorben und als ihr dann in dieser Nacht berichtet wurde, dass ihr Vater bei einer Straßenprügelei umgekommen sei, setzte sich all

ihre Trauer und ihr feuriger Zorn frei. Diese emotionale Magie ist schwer einzudämmen. In dieser Nacht breitete sich das Feuer noch deutlich weiter aus und einige starben und verbrannten zu Asche.

Nun ist sie in diesem Irrgarten. Ihr Feuer riss sie aus ihrem vorigen Leben und bescherte ihr dieses hier.
„Ich konnte mich nicht zügeln", sagt sich Rebecka, *„doch ich habe aus meinem Fehler gelernt. Nie wieder will ich Leute in Gefahr bringen!"*

Sie ist wie Feuer. Unberechenbar, unkontrollierbar. Doch als Mensch hat sie die Möglichkeit, sich selbst zu kontrollieren. Ein Teil von ihr würde gerne frei sein und ein anderer Teil ist sich der zerstörerischen Natur des Feuers bewusst. Doch Rebecka opfert ihren Willen nach Freiheit und entschließt sich, in der glühenden Hitze einen kühlen Kopf zu bewahren.
„Kontrolle über mich selbst", sagt sie sich. *„Ich werde meine Kontrolle an diesem Ort nicht verlieren!"*

Rebecka öffnet ruckartig ihre Augen, wie nach einem Albtraum und atmet tief ein. Sie war gehüllt in Flammen.

Arnt Cliff
Arnts grüne Augen blicken ängstlich und hektisch durch die Gegend. Es ist dunkel. Die namenlosen Wälder nördlich Lignums sind kalt und hügelig. Er hat seine Freunde aus den Augen verloren und umklammert zitternd seine Knie.

Er ist gerade 10, vielleicht etwas älter. Er hat Angst, verflucht viel Angst. Es gibt Gerüchte von einer Bestie, die sich in diesen Wäldern herumtreibt. Die anderen Kinder haben die letzten Abende Gruselgeschichten von ihr erzählt. Dass diese Bestie gerne Kinder fräße, und nun ist er hier. Alleine. Hilflos.

Arnt hat sich hingesetzt und lehnt sich an einen Baum. Er zittert wie wild und etwas Wind kommt auf. Die Büsche um ihn herum rascheln… Der Wind, definitiv.

Der Schauer, der ihm den Rücken hinunter läuft, erreicht seine Klimax, als das Heulen eines einsamen Wolfes durch die Wälder hallt und mit dem Wind zu fernen Ohren getragen wird.

„Ich will hier weg!", sagt sich Arnt.

Er hält sich die Hände vors Gesicht und verdeckt seine Augen. Tränen kullern unter seinen Händen hervor. Innerlich weiß Arnt jedoch, dass niemand kommen wird, um ihn zu retten. Die Erkenntnis treibt ihn zur Verzweiflung.

In dem Moment fasst Arnt einen Entschluss. Er wird seine Angst einfach mit seinem Übermut überspielen. Er will die anderen nicht täuschen, nur sich selbst.

„Ich habe keine Angst", sagen sich der Arnt aus der Erinnerung und der Arnt, der im Irrgarten auf dem Boden liegt. Der junge Arnt redet es sich nur ein. Doch der ältere Arnt gelangt nun zu seiner Erkenntnis.

„Das ist es! Ja, das ist Mut. Denn nur wer ängstlich ist, kann mutig sein. Man muss seine Angst überwinden, um an sich selbst zu wachsen."

Der Arnt aus der Erinnerung erhebt sich und versucht sich zu erinnern, wo er seine Familie und seine Freunde aus den Augen verloren hat. Er ist im Wald, er wird den

Weg sicher wiederfinden, in der Natur hat er doch immer die Orientierung behalten, auch wenn alle anderen nicht wussten wo lang.

Arnt beginnt zu suchen. Ruhig und überlegt. Obwohl er ein so junges Kind ist, überredet er sich selbst, er hätte keine Angst. Nachdem er den Weg wiedergefunden hat, folgt er diesem und nach einiger Zeit hat er die anderen Kinder, mit denen er unterwegs ist, gefunden.

„So leicht ist es also, mutig zu sein", denkt sich der ältere Arnt und hat seine Erkenntnis gewonnen, seinen Drang, diesen endlosen Mauern zu entkommen. Seinen Drang, endlich wieder einen blauen und keinen schwarzen Himmel zu sehen.

Arnt will nie wieder so hilflos sein wie damals im Wald. Er will sich nicht selbst täuschen, um mutig zu sein, sondern seiner Angst mit offenen Armen gegenübertreten, sie freudig empfangen, um sie zu überwinden. Er will seinen Freunden nie wieder ein Problem sein. Hätte er sich von den Karten des Irrgartens nicht so leicht verwirren lassen, wären Darvon und El Artren jetzt vielleicht noch am Leben. Ja, er trägt einen Teil der Schuld und empfängt sie mit offenen Armen, um sie zu überwinden.

„Ich werde keinem mehr zur Last fallen, ich werde nie wieder schwach sein!", sagt sich Arnt und brüllt es aus sich heraus, als er die Augen öffnet und der dunkle Wald nördlich Lignums zu nichts weiter als einer trüben Erinnerung verblasst.

Arnt ist wieder zurück.

Älos

Älos befindet sich im Irrgarten mit zwei weiteren magiekundigen Freunden. Einer ist bereits gestorben. Älos sieht ganz anders aus: Sein Gesichtszüge, sein Körperbau, einfach alles scheint anders zu sein. Aber das wird wohl das Alter und der fehlende Bart sein… Sie haben keine Karte und sind nun schon seit einiger Zeit an diesem fürchterlichen Ort.

„Da rüber, schnell!", brüllt einer und sie sprinten über eine große Kreuzung. Pfeile fliegen an ihren Köpfen vorbei. Anscheinend werden sie von einigen Skeletten mit Schattenbögen verfolgt. Einer der Magier bleibt urplötzlich stehen. „Lauft!", ruft er.

„Zal, das schaffst du nicht!", sagt Älos und zieht an seinem Umhang.

„Ich verschaffe euch etwas Zeit. Das Portal ist nicht mehr weit, den inneren Teil haben wir schon vor einiger Zeit beschritten… geht jetzt!"

„Aber…", setzt Älos an, wird jedoch von dem anderen mitgezerrt.

„Respektiere seinen letzten Wunsch!"

„*Fehu Ehwaz Raidho Gebo Ehwaz Hagalaz Ehwaz!*"

Als Älos sich umdreht, sieht er, wie eine Skeletthorde auf Zal zustürmt. Die ersten werden vom Zauber getroffen, verfärben sich schwarz und brechen zusammen. Seine Magie der Finsternis ist erstaunlich stark, jedoch nicht stark genug. Die Skelette überrennen ihn und man hört nur noch sein gequältes Geschrei. Älos stehen die Tränen in den Augen und er versucht wegzuhören, als sie an einen großen Platz gelangen. In der Mitte steht ein Torbogen, ein lila Schleier scheint in diesem zu wehen. Sie haben es erreicht: das Portal.

Und überall sind Monster.

„In die letzte Schlacht, mein Freund", sagt Tran, der

letzte, der von Älos Freunden noch übrig geblieben ist.

„Ja, auf ins letzte Gefecht!", sagt Älos und sie geben sich die Hand.

Sie kämpfen sich erstaunlich weit durch, doch das Unheil, das am Portal auf einen jeden wartet, der Wächter, muss bezwungen werden… und Tran schafft es nicht. Als Älos in den Schleier tritt und sich siegessicher zu Tran umdrehen will, stellt er fest, dass dieser tot auf dem Boden liegt, sein Kopf unnatürlich weit verdreht. Er streckt die Hand nach seinem Freund aus und noch im selben Moment teleportiert ihn das Portal fort.

Er erinnert sich noch, wie er vor der Tür des schwarzen Hauses zusammenbricht. Den Ort, über den sie die andere Dimension betreten haben, und der Ort, über den Älos sie alleine wieder verlassen hat.

„Schuld…", denkt Älos, „wiegt schwerer als alles andere auf der Welt. Ich ließ meine Freunde zurück und rettete mich selbst. Diese Schuld kann ich niemals zurückzahlen."

Seine Gedanken wirbeln wild, wie Wind. Älos hat das Gefühl, nicht mächtig genug zu sein… er hat zu viel verloren, zu viel durchlitten. Doch dann haben seine Gedanken es bemerkt: seinen Egoismus. Und in dem Moment verfallen sie der Panik und der Furcht: Es wiederholt sich. Es sind bereits zwei gestorben.

Und so fasst sich Älos ein Herz. Er hat sie gefunden, seine Motivation.

Es wird keiner mehr sterben, und wenn doch… dann soll er es sein! Das ist seine Wiedergutmachung. Seine gefühlte Verpflichtung. Seine Motivation.

Keiner weiß, wie stark Älos wirklich ist. Keiner weiß, wer er wirklich ist. Obwohl ihm solche Kraft innewohnt und obwohl er so stark und alt ist, kann er auf seine eigentlichen Kräfte nicht zugreifen. Und er ist noch schwächer: Er schafft es nicht, die Wahrheit zu sagen. Aber er hofft, dass er es wenigstens noch schaffen wird, sein Versprechen einzuhalten, denn er gab es einem seiner Schüler. Abgesehen davon, dass er Will beschützen möchte, darf er das Versprechen nicht brechen. Das ist seine zweite Motivation, weshalb er letztendlich sogar gegen die Regeln verstößt, aber sei es drum. Dann sind die anderen halt sauer auf ihn.

Älos erwacht, angetrieben von seinem Versprechen und dem Drang zur Selbstaufopferung… Aber auch ohne Motivation, hätte ihn dieser lächerliche Zauber nicht lange daran hindern können aufzuwachen. Immerhin ist es Älos und wer Älos ist, das weiß man eben nicht so genau. Auf jeden Fall ist er ein kleines bisschen durchgeknallt.

Richard Cliff

Richard ist leer. Er hat keine Erinnerungen, kaum Emotionen. Er kann keine Erkenntnis gewinnen, denn es gibt in ihm keine Motivation, diesem Ort zu entkommen…. Doch weshalb lächelt er vor jedem Kampf, weshalb hat er Gefallen daran gefunden? Ist das vielleicht seine neu gewonnene Motivation? Nein, er will diesem Ort nicht entkommen. Es gefällt ihm, sich zu verausgaben, er liebt es, alles zu geben, doch er hat keinen Grund, alles zu geben. Ein Kampf ohne Sinn ist kein Kampf. Für wen oder was kämpft er denn? Für seine unbekannten Freunde? Für eine Frau, die er glaubt geliebt zu haben, ohne sie zu kennen oder sich an sie zu erinnern?

Vielleicht ist das seine Erkenntnis. Die Leere selbst. Die Leere, die ihn Wizzle lehrte, so viele Jahre lang… Wizzle… da war ja was. Richard *ist* die Leere. Leibhaftig. Richard braucht gar keine Motivation. Richard braucht weder Erkenntnis noch Zuversicht. Er braucht nichts, denn nichts ist besser als nichts.

Ohne das Gefühl zu haben, diese Leere verstanden zu haben, öffnet er langsam die Augen und blickt in die Luft. Schwarzer Himmel.

„Ich will meine Erinnerungen zurück…", stellt er fest, *„das ist mein einziges Ziel!"*

Kapitel 17

Sie sind wieder zurück. Die Laterne, unter der das Holzschild hängt, flackert seelenruhig vor sich hin.

„Was ist passiert?", fragt Erea.

„Habt ihr etwas…?", setzt Adria an.

„Ja", unterbricht Älos sie mit seiner rauen, ernsten Stimme, „wir haben Erinnerungen durchlebt oder zumindest eine Erkenntnis gewonnen oder etwas Ähnliches."

„So könnte man es sagen", sagt Richard.

„Das war die zweite Aufgabe", sagt Ariagon.

Wieder verschwinden die Runen auf dem Schild unter der Laterne und es erscheinen neue.

„Lesen wir die Aufgabe und lasst uns endlich zum Portal gelangen", fügt er gestresst hinzu.

Älos blickt in die Runde. Sie sitzen alle noch auf dem Boden. Es scheint, als seien die Erinnerungen äußerst belastend gewesen. Er erhebt sich und geht zum Holzschild. Nach kurzem Räuspern trägt er vor, was auf dem Schild geschrieben steht:

> *„Es wurde bestanden und Erkenntnis gewonnen,*
> *Gedenket der Toten, die die Mauern erklommen,*
> *Beendet es heute, hier und jetzt,*
> *Im zeitlosen Irrgarten, sonst sitzt ihr hier fest."*

Älos dreht sich langsam zu den anderen um. Die schauen ihn entsetzt an.

„Tote, die Mauern erklimmen? Geht das?", fragt Adria.

„Ja, das geht", sagen Richard und Erea wie aus einem Munde und schauen sich noch entsetzter als zuvor an.

„Das ist nicht gut…", sagt Erea und blickt an den Mauern hoch.

„SOFORT, ALLE HINTER MICH!", ruft Richard und zieht Christak. Die Magier versammeln sich hinter seinem Rücken.

„Richard, ist es das, von dem ich glaube, was es ist?", flüstert Älos Richard ins Ohr.

„Ja. Wir kämpfen hier gegen *Wiedergänger*", sagt er und beißt die Zähne zusammen.

„Was sind denn das für welche?", fragt Adria. Da ergreift Erea das Wort. „Es sind Menschenleichen, die sich bewegen, jedoch leben sie nicht. Ihr Körper verändert sich mit der Zeit. Die Oberarme der Leichen werden länger und kräftiger, während die Beine kleiner werden, sodass sie auf allen Vieren laufen. Sie haben milchige Augen, denen keine Gefühle innewohnen. Wiedergänger sind mordlustige Killer, die fast aussehen wie Menschen, jedoch nichts mehr mit ihnen gemein haben", erklärt sie. „Es ist die Finsternis, die sie heimgesucht hat."

Man hört leises Gestöhne und tiefes Ein- und Ausatmen. Dann entzünden sich noch mehr Laternen mit bunten Fensterchen und werfen bunte Flecken auf ein Meer an toten, fahlen Körpern. Der ganze breite Weg ist voll mit ihnen.

„Verdammt.", sagt Will.

„Ich zähle 267", sagt Erea.

„Wie hast du…?", fragt Arnt.

„Das sind Wesen der Finsternis und ich bin Magierin der Finsternis."

„Richtig."

Rebecka hat ihre Augen weit aufgerissen.

„Das schaffen wir nie im Leben."

„Dann pass mal auf", sagt Richard und stellt sich

kampfbereit hin. Er umfasst Christak mit beiden Händen und stürmt auf die Armee von Wiedergängern zu.

„Richard, bist du wahnsinnig?", brüllt Älos ihm hinterher.

Richard lächelt, als er in die leblosen Augen seiner Gegner sieht… fast wie die seinen. Dann richtet er seine linke Hand nach vorne und spricht eine Zauberformel: *„Perthro Othala Raidho Tiwaz Ansuz Laguz!"*

Vor ihm erscheint ein Portal, in das er hinein rennt. In dem Moment, in dem es sich wieder schließt, öffnet sich ein anderes über den Köpfen der Monster, aus dem Richard herausgesprungen kommt. „Nehmt das!"

Die ersten Wiedergänger werden zerstückelt.

„Auf geht es, meine Freunde, scheut nicht diesen Kampf, scheut nicht die Gefahren, genauso wenig wie El Artren und Darvon es taten!", ruft Ariagon. Arnt und Erea rennen mit ihren legendären Waffen voraus und stürzen sich auf die Wiedergänger, während die anderen Fernkampfzauber rufen. Adria verwendet das Wasser aus ihrem Wasserbeutel. Es verbindet sich zu einem Strahl, zu einer Art Seil, das durch die Luft saust und ihre Gegner durchbohrt. Will stellt sich zwar nicht so geschickt an, schafft es aber, Rebeckas Feuer, das bereits viele Wiedergänger befallen hat, mit Wind zu unterstützen. Feuer scheint äußerst effektiv zu sein. Ariagon hat mit einem Tritt auf den Boden fast mannsgroße Brocken aus der Erde gebrochen, die nun vor ihm in der Luft schweben. Mit Faustschlägen befördert er diese in die Masse der Monster. Anscheinend sind auch seine riesigen Hände steinhart.

Älos` Taktik hingegen ist äußerst speziell. Er hat sich in die Lüfte erhoben und wirft mit Luftschnitten wie mit Wurfsternen um sich. Er hüpft dabei durch die Luft, als würde er auf Trampolinen springen.

„Meister, Ihr seid wie ein Ball!", ruft Will und muss grinsen.

„Was sagst du Will?", ruft Älos herüber.

„Nicht so wichtig!"

Die beiden lockern die Spannung des Kampfes etwas durch ihre optimistische Art, doch trotz all ihrer Angriffe und ihrer Versuche wird die Masse der Wiedergänger einfach nicht weniger.

Erea und Arnt kämpfen mit ihren legendären Waffen Rücken an Rücken. Mit jedem getöteten Monster steigt die Kraft des Schwertes der schwarzen Seelen. Immer eleganter werden die blutigen Schläge, immer imposanter wird das Zerstückeln.

Arnt zertrümmert den Wiedergängern währenddessen mit seinem knöchernen Kampfstab die Köpfe und stößt ihnen in ihre großen milchigen Augen. Kreischend nehmen sie Abstand von den beiden. Genau, kreischend… das sind keine menschlichen Laute.

„*Sei mutig!*", sagt sich Arnt.

„*Stirb hier nicht, du willst doch deine Familie irgendwann nochmal wiedersehen!*", sagt sich Erea.

Ihre Motivation spornt die beiden immer weiter an. Richard kämpft sich währenddessen zu den beiden durch.

„Arnt, Erea, das werden hier zu viele! Ich sag es zwar nur verdammt ungern, aber wir müssen uns zurückziehen!"

„Gute Idee! Aber wohin?"

Den Punkt hat Richard noch nicht bedacht. Normalerweise kann man sich immer irgendwohin zurückziehen. Hier jedoch müssen sie diese Probe bestehen.

„Ich habe eine Idee", sagt Richard, „folgt mir!"

Erea, Arnt und Richard schlagen sich weiter durch die Masse der Wiedergänger in die Richtung von Ariagon, Rebecka, Adria und Will durch, die bisher mit ihrer Zauberkraft aus einer gewissen Distanz gekämpft haben, als plötzlich ein Schrei zu hören ist.

„Aaaarrrgghh!", ruft Arnt.

Als sich Richard zu ihm umdreht, sieht er, dass Arnt von einem Wiedergänger in die Schulter gebissen wurde. Richard reagiert schnell und stößt der Kreatur sein Schwert in den Kopf.

„Arnt!", ruft Richard, packt dessen Hand und zieht ihn die letzten Meter aus dem Chaos. Die Wiedergänger verfolgen sie bereits, doch Erea bleibt stehen. Ihr Schwert hat bereits aufgrund der seelenspeichernden Eigenschaft enorm an Stärke hinzugewonnen. „Ich verschaffe euch etwas Zeit! Älos! Ich brauche hier deine Hilfe!"

Erea zwinkert Richard und Arnt zu, als auch schon Älos herbeigeflogen kommt.

„Ich hoffe, du hast einen guten Plan!", ruft sie den beiden noch zu.

„Ich zähle auf dich!", sagt Arnt und fasst sich an seine Schulter, woraufhin sein Körper von den Schmerzen kurz zuckt. Dann laufen sie weiter zu Ariagon, Rebecka, Adria und Will.

„Rebecka!", ruft Richard.

„Arnt, geht´s dir gut?", fragt sie.

„Es geht schon", antwortet dieser.

„Rebecka, ich habe eine Idee", sagt Richard und deutet auf sie. „Dein Feuer wird uns retten"

„Mein Feuer?"

Richard hat genau aufgepasst und ihm ist aufgefallen, wie effektiv Rebeckas Feuer ist.

„Sie reagieren, glaube ich, empfindlich auf Feuer", erklärt er. „Du musst jetzt Folgendes tun…"

Während Richard Rebecka seinen Plan schildert, halten die anderen die Wiedergänger fern, aber die Magier werden immer weiter zurückgedrängt. Erea und Älos werden nun auch zum Rest der Truppe zurückgedrängt. Sie sind umzingelt. Gerade sind weitere Wiedergänger von den Wänden herabgeklettert. Die Masse ist etwas kleiner als zu Beginn, aber es sind immer noch erstaunlich viele.

„Richaaaard!", ruft Adria. Die Wiedergänger stürmen mit einem Mal von allen Seiten auf die Magier zu. In dem Moment dreht sich Richard um, sieht die Monstermasse entschlossen an und brüllt: „DUCKEN! Jetzt, Rebecka!"

„*Fehu Ehwaz Uruz Ehwaz Raidho Sowilo Tiwaz Uruz Raidho Manaz!*", ruft sie und schießt einen gewaltigen Feuersturm direkt auf Richard.

Die anderen bemerken schockiert, was passiert.

„WAS TUST DU!?", ruft Arnt, doch das war anscheinend Richards Plan. Er streckt seine Arme in Richtung des Feuers und schließt die Augen. Er selbst hört nur noch seinen Herzschlag. Er konzentriert sich auf das schneller werdende Trommeln in seiner Brust und wartet den richtigen Moment ab. Weder zu früh noch zu spät darf er agieren.

„*Vakuumsphäre!*", brüllt er und fängt das Feuer in seinen Händen. Seine weißen Haare wirbeln wild, während die gesamte Kraft des Feuersturms in die Vakuumsphäre aufgesogen wird. Sein Rauledermantel flattert und seine Hände zittern.

„FRESST FEUER!", ruft er und setzt das ganze gefangene Feuer in alle Richtungen frei. Die Wiedergänger werden verschlungen vom gewaltigen

Feuersturm und noch immer wollen die Flammen aus Richards Händen nicht aufhören, sich tobend und unaufhaltsam auszubreiten. Er sieht aus wie ein Feuermagier, der inmitten eines roten Meeres steht.

Dann versiegen die Flammen schließlich und der Schleier der Vakuumsphäre in Richards Händen verschwindet. Er fällt bewusstlos zur Seite.

Kapitel 18

„Das war ein erstaunlich guter Plan", sagt Erea.

Ereas Gesicht sieht Richard als Erstes, als er wieder zu sich kommt. Sie hält noch immer das Schwert der schwarzen Seelen in Händen. Der weiße Seelenstein in der Parierstange leuchtet schwach, ein Anzeichen für die Kraft, die bereits gespeichert wurde.

Die anderen hocken um ihn herum auf dem Boden. Die vielen Laternen sind erloschen, nur noch die eine große brennt bunt und wirft ihr Licht auf die Magier. Das Holzschild unter der Laterne ist verschwunden.

Dann fällt Richard ein neues Licht ins Auge… ein brennendes blaues Licht. Es fliegt in der Luft, knapp über dem linken Weg.

„Richard, bist du wach?", fragt Rebecka erschöpft. Sie hockt rechts neben ihm.

„Ja", sagt er müde, streicht sich die weißen Haare aus dem Gesicht und blickt erstaunt zum fliegenden Feuer herüber.

„Ist das…?"

„Ein Irrlicht", sagt Älos. „Normalerweise halten sie sich in der Zwischenwelt auf und sind extrem selten."

Er hustet kurz und blickt zum Irrlicht herüber. „Sie gelten als Wegweiser des Guten und sollen die Suchenden stets an ihr Ziel führen, also…"

„Sollten wir links lang gehen?", vermutet Richard.

„Richtig", sagt Ariagon und begutachtet seine eingedellte Rüstung, die nun noch eingedellter als zuvor ist.

„Wo sind die…?" fragt Richard.

„Tot", antwortet Älos, „das verstärkte Feuer aus deiner

Vakuumsphäre hat sie alle verbrannt."

„Und haben sich irgendwelche Artefakte ergeben?"

„Es gibt keine."

„Wie, gar keine? Bei so vielen muss es doch zumindest ein paar wenige…"

„Vielleicht waren sie ja nur Illusionen?", überlegt Älos. Nach all den Mühen ist das etwas deprimierend für alle. Wenigstens haben sie nun eine Art Wegweiser, das Irrlicht. Mal sehen, wie lange dieses sie führen wird…

„Die Illusionen haben sich aber ziemlich echt angefühlt…", merkt Arnt an und fasst sich mit verzerrtem Gesicht an seine Schulter. El Artren kann Arnts Wunden nicht mehr heilen und er selbst kann sich in seinem Zustand auch nicht helfen mit seiner Naturmagie. Er hat bereits zu viele seiner astralen Reserven verbraucht.

„Arnt, dir geht es nicht gut", stellt Erea fest.

„Ist doch egal", sagt dieser barsch. „Wie ich mich fühle, ändert nichts an der Situation. Wir müssen weiter."

Nur Arnt kennt seine eigenen Ängste. Seine Hilflosigkeit, seinen Wunsch, keinem zur Last zu fallen.

„Arnt, bist du sicher?", fragt Älos.

„Ja, lasst uns weitergehen."

Adria und Will scheinen auch fit genug zu sein.

Sie machen sich langsam fertig und trinken nochmal ordentlich vor dem Weitergehen.

Als sie sich dem Irrlicht nähern, beginnt es sich zu bewegen. Langsam schwebt es in der Luft vor ihnen den Weg entlang. Es erleuchtet die Gänge noch zusätzlich, sodass sich das Unbehagen vor der Ungewissheit, die die Dunkelheit mit sich bringt, etwas legt. Nur Erea würde sich auch ohne das Irrlicht genauso sicher fühlen.

Das Irrlicht führt sie durch viele Gänge. Richard vergleicht den Weg des Irrlichts mit seiner Karte und er stellt fest, dass er dieselben Wege wählen würde.

Nach einiger Zeit hören sie dann wieder einen greifvogelähnlichen Ruf, nur deutlich tiefer. Es muss der Schattendrache sein… verfolgt er sie etwa? Die Magier des Ordens drücken sich an die Wand, um möglichst wenig Sichtfläche zu bieten, was aber nicht wirklich viel bringt, da das Irrlicht am auffälligsten ist. Die Flügelschläge weit oben am schwarzen Himmel entfernen sich aber bereits wieder.

„Dieser Drache…", sagt Adria und atmet erleichtert aus, als die Flügelschläge wieder leiser werden.

„Noch hat er uns anscheinend nicht gesehen, doch gespürt hat er uns", bemerkt Erea.

Das Irrlicht ist vorausgeflogen und die Magier beeilen sich, um es schnell wieder einzuholen. Als sie es dann erreichen, merken sie, dass es seit einiger Zeit keine Abzweigungen mehr gab. Richard schaut wieder auf seine Karte und stellt aufgeregt fest, dass sie ganz nah sind. „Leute…"

„Was gibt es, Richard?", fragt Rebecka.

„Es ist nicht mehr weit. Das ist ein monsterfreier Gang, wie es scheint. Und der Karte nach wird der Weg gleich nach rechts abzweigen…"

Das Irrlicht fliegt immer weiter geradeaus und folgt dem Verlauf des Weges dann nach rechts.

„…und zu einem riesigen Platz führen…"

Sie biegen um die Ecke und ihnen bietet sich eine Sicht, die ihnen den Atem raubt. Die Magier stehen nun vor einer Treppe, die mehrere hundert Stufen herab auf einen Platz führt von einem Durchmesser von etwa dreihundert Metern. Im Mittelpunkt dieses Platzes sind mehrere große Felsbrocken zu sehen. Ein kleines Steintreppchen führt über die Felsbrocken nach oben und dort steht es: auf den Felsbrocken, dort steht das Portal. Steinbruchstücke, die ein Tor bilden. Ein lilaschwarzer Schleier ist in diesem Portal. Auf dem Platz selbst sind haufenweise Monster und über ihren Köpfen fliegt der Schattendrache mit seinen ledrigen Flügeln. Er hat zwei schwarze Hörner und einen stacheligen Schwanz.

„Das ist wahrlich die Hölle", sagt Älos mit seiner rauen Stimme.

„Lasst uns endlich von hier verschwinden", sagt Adria und hält lächelnd Wills Hand.

„Ja, geben wir dem Drachen eins auf die Schnauze!", sagt Erea wild entschlossen und streckt ihre rechte Faust entschlossen in die Luft.

Sie steigen die Stufen hinab. Richard, Arnt und Älos gehen voran. Als sie unten ankommen, entzünden sich große Feuer an den Wänden des gigantischen, runden Platzes.

„Hier beginnt es oder hier endet es", sagt Richard und die Magier bewegen sich bedacht in Keilformation auf das Tor in der Mitte zu. Es ist etwa hundertfünfzig Meter entfernt.

„Arnt, wie geht es dir? Glaubst du, du kannst das schaffen?", fragt Ariagon.

„Ich glaube, für ein Nein ist es etwas zu spät."

Was die Freunde nicht sehen können, ist, wie unter Arnts Rauledermantel alles voller Blut ist. Er hat wohl auch einige tiefe Kratzer in der Armregion davongetragen. Das Blut rinnt ihm schon bis zu den Fingern runter. Dann zieht Arnt aus einer seiner Taschen mit dem nicht verletzten Arm den

Dämonenkubus hervor. Im Moment leuchten die Risse stark blau sowie schwach lila.

„Was sagt der Kubus?", fragt Erea.

Wie einen Wegweiser hält Arnt den Kubus vor sich.

„Nie zuvor verspürte ich eine solche Stärke", sagt Arnt. „Das ist eine Art Wächter-Dämon, aber er scheint seine eigene Klasse zu haben. Er ist nochmal um einiges stärker als der Dämon Ibal. Das lila Leuchten der Risse zeigt uns, dass hier ein Portal in eine andere Dimension vor uns liegt."

„Ja, ein Portal in unsere Dimension!", ergänzt Erea aufgeregt.

Er steckt den Kubus zurück in seinen Rauledermantel, als man von weitem schon die ersten Gegner auf sie zulaufen hört. Es sind drei Höllenhunde.

„Los geht's!", sagt Arnt und sie stürmen den Höllenhunden entgegen.

Die Biester schnappen nach ihren Köpfen und versuchen die Magier von den Füßen zu hauen, doch sie können den Angriffen ausweichen. Richard schlägt mit Christak auf den ersten Höllenhund ein, doch dieser springt zurück und weicht dem frontalen Schlag aus. Schon fliegt der erste Feuerball auf sie zu.

„*Sowilo Kenaz Hagalaz Uruz Tiwaz Algiz*", ruft Rebecka und sie kontert den Feuerball des Höllenhundes mit ihrem eigenen Feuer. Wie immer, wenn sie zaubert, weht ihre Tunika wild um sie herum.

Doch der Feuerball des Höllenhundes ist zu stark, überwindet Rebeckas Feuer und sie wird getroffen und zurückgeworfen. Sie rollt ein Stück über den Boden und ihre Klamotten dampfen, sodass sie, während sie über den Boden rollt, etwas Rauch hinter sich her zieht.

„Rebecka!", ruft Richard und kommt zu ihr gerannt.

„Es geht schon…", sagt sie und kneift vor Schmerzen ein Auge zu. Sie nimmt Richards Hand, um wieder hoch zu kommen, als der zweite Höllenhund seinen Feuerball auf die beiden feuert.

„*Vakuumsphäre!*", ruft Richard und fängt den Ball in seinen Händen. Um den Ball zurückzufeuern, fehlt es ihm jedoch gerade an Kraft. Er löst die Vakuumsphäre auf und mit ihr verschwindet das Feuer.

Zur gleichen Zeit springt Erea mit einem Hechtsprung auf den ersten Höllenhund zu und erleichtert ihn mit einem sauberen Schnitt um seinen Kopf. Der Hund fällt tot zu Boden.

Die Beine des zweiten Höllenhundes werden durch Ariagons Erdmagie vom Boden verschlungen und nichts als eine imposante Statue bleibt zurück. Der dritte Höllenhund ist jedoch noch in Topform und springt auf Will zu. Dieser hebt spontan seine Hände und ruft eine Formel:

„*Sowilo Tiwaz Uruz Raidho Manaz!*"

Der Höllenhund wird von einem stürmischen Wind gefangen und zur Seite geworfen.

„Klasse, Will!", ruft Älos.

„Danke, Meister!"

Arnt holt mit seinem Stock aus und gibt ihm den Rest. Auch der dritte Höllenhund ist besiegt.

„Lasst den Hunden die Felle, egal, wie wertvoll sie sind. Unsere Leben sind wertvoller", sagt Ariagon.

„Weiter!", ruft Richard zustimmend. Die Magier begeben sich wieder in eine Keilformation und bewegen sich etwas schneller auf das Tor zu. Es sind noch etwa hundertdreißig Meter.

Langsam zieht jedoch etwas Nebel auf. Der Ursprung des Nebels ist unklar, doch er hat etwas Eindringliches, etwas Widerliches an sich. Zudem ist er leicht grünlich. Keiner der Magier hat zuvor irgendwo schon mal solchen Nebel gesehen… Die Monster, die vorhin von oben aus zu sehen waren, sind verschwunden. Nicht im Nebel verschwunden, sondern wortwörtlich, als seien sie niemals da gewesen. Man sieht nur den nebligen Boden und das Tor, das wie eine Insel aus der Wolkendecke ragt.

„Wo sind die ganzen Monster hin?", fragt Erea.

„Nicht gut… Arnt, hol nochmal deinen Dämonenkubus hervor", sagt Älos. Anscheinend hat er eine Vermutung.

Arnt greift in eine der vielen Taschen seines Rauledermantels und zieht ihn hervor. Die Risse leuchten gleißend blau. Ein schwacher lila Schein ist noch zu erahnen, aber dieser wird vom blauen Licht bei weitem übertroffen. Arnt erschrickt und steckt ihn wieder zurück.

„Was zum…!"

„Ich glaube mich an etwas aus den Schriftrollen zu erinnern", meint Älos und geht sich durch seinen langen weißen Bart. „Ein Dämon, der seine eigene Klasse erreicht hat, sagtest du Arnt?"

„Richtig, so wie der Dämon Ibal."

„Das muss es sein…", denkt Älos laut. „Es ist der Höllenwächter. Ein enorm starkes Wesen. Angeblich ist er unbesiegbar und dazu fähig, Illusionen zu schaffen", sagt Älos und blickt verstört zu Boden.

„Ich würde lieber alleine gegen tausend Wiedergänger kämpfen als gegen dieses Monster. Wir müssen uns beeilen! Wenn die ganzen Monster, die wir auf diesem großen Platz von der Treppe aus gesehen haben, nichts weiter als Illusionen waren, dann haben wir eine Chance, wenn wir schnell zum Tor laufen!"

Älos, Arnt und Richard laufen voraus. Arnt hält den Dämonenkubus vor sich. Das blaue Licht der Risse wird heller.

„Was ist mit dem Schattendrachen, war der auch nur eine Illusion?", ruft Adria Älos zu.

„Höchstwahrscheinlich", ruft Älos zurück, „viele der Monster, die wir bekämpft haben, dürften Illusionen gewesen sein. Zumindest die Monster, bei denen keine Artefakte erschienen sind, als wir sie erlegten. Das würde die Monster an der Kreuzung mit den drei Aufgaben miteinschließen und die Monster hier auf dem Platz dürften auch Schöpfungen des Höllenwächters sein. Der Höllenwächter erfüllt also drei Funktionen: Er gibt den Seelen, die in diesen Irrgarten kommen, einen Körper, er erschafft eigene Monster und er bewacht das Tor…"

Sie kommen dem Tor immer näher. Es fehlen vielleicht noch sechzig Meter, als plötzlich ein greifvogelartiges Gebrüll zu vernehmen ist.

Machtvolle Flügelschläge verwehen den Nebel, der mittlerweile immer dichter geworden ist. Dann landet der Drache. Die Erde erzittert. Er nimmt seinen Kopf zurück und brüllt erneut, und diesmal noch deutlich lauter als zuvor.

„Älos, kann uns diese Illusion denn nun verletzen oder nicht?", fragt Adria.

Der alte Magier zuckt nur mit den Schultern. Dann atmet der Drache tief ein, seine Nüstern blähen sich auf und schwarze Blitze entrinnen seiner Kehle. Richard, der weiter vorne steht, hebt Christak empor und pariert die schwarzen Blitze mit der Klinge. Legendäre Waffen leiten die Energie der Blitze glücklicherweise nicht. Die Blitze sind so kraftvoll, dass sie Richard eine Böe entgegenschleudern, die seinen Rauledermantel wild im Wind wehen lässt und seine Haare zerzaust.

„Arnt, ich bin der Meinung, die Illusionen können einem auf jeden Fall schaden!", ruft Richard. Die Kraft der Blitze ist so enorm, dass er sogar einige Dezimeter zurückgeschoben wird. Nur mit aller Mühe kann er dagegen halten. Dann hören die Blitze auf, aus dem Maul der Bestie zu sprießen, und der Drache stürzt sich auf Ariagon.

„*Sowilo Kenaz Hagalaz Uruz Tiwaz Ansuz*", ruft dieser und ein Steinschild erscheint an seinem Arm. Keine Sekunde zu spät. Der Drache schlägt mit seiner Pranke nach Ariagon, doch dieser hält ihm seinen Schild entgegen. So stark der Schild auch ist, der Drache ist stärker. Als Ariagon getroffen wird, zersplittert der steinerne Schild. Ariagon wird zurückgeschleudert.

„Ariagon!", ruft Älos und will nach seinem Freund sehen, doch der Schattendrache kommt bereits auf ihn zu. Der alte Magier springt in die Luft, wo ihn ein Luftzug in die Höhe trägt.

„*Fehu Ehwaz Raidho Wunjo Ehwaz Hagalaz Ehwaz*!", ruft Älos und richtet seine Hände auf das Monster. Aus seinen Fingern weht ein präziser Wind, der sich wie ein Pfeil durch die Flügel des Drachen bohrt. Der Drache brüllt auf, als seine schwarze ledrige Haut von Älos Zauber getroffen wird.

Dann landet der Windmagiermeister wieder vor seinen Kameraden.

„Gut gemacht, Älos!", ruft Arnt, fasst sich aber plötzlich mit verzerrten Gesichtszügen an seine Schulter. Die Schmerzen haben anscheinend nicht nachgelassen.

„Arnt, geht's dir gut?", fragt Älos und kommt zu ihm hin, während die anderen sich mit dem Drachen beschäftigen.

Älos bemerkt, wie an Arnts linkem Arm Blut herunter tropft.

„Mist! Arnt, du blutest!“, stellt Älos fest.

„Es ist nichts, wirklich.“

Älos zieht Arnt den Rauledermantel halb aus. Das braune Hemd, das er darunter trägt, ist klatschnass.

„Sag mir bitte, dass das Schweiß ist“, sagt Älos und berührt mit der Hand das Hemd. Seine Finger sind rot.

„Ich habe meine Motivation gefunden, Älos. Ich werde nicht aufgeben, ich will keinem mehr zur Last fallen“, sagt Arnt.

Älos scheint zu verstehen, gibt aber nicht nach.

„Weißt du, Arnt, auch ich bin zu einer Erkenntnis gelangt. Und zwar, dass ich hier keinen zurücklassen werde und keiner mehr sterben wird, und wenn doch, dann wird das meine Wenigkeit sein!“

Sprachlos schaut Arnt ihn an: „Älos…“

„Komm schon, Junge! Du bist Naturmagier, was brauchst du, um die Blutung zu stillen?“

„Das geht nicht, ich bräuchte Pflanzen oder Kräuter, die ich hier nicht habe. Ich könnte es auch nur mit Magie heilen, aber meine Kräfte sind bereits sehr stark ausgeschöpft, ich bräuchte einen Astralstein.“

„Alles klar, warte hier!“

Astralsteine sind magische Hilfsmittel, die Magie in sich speichern können und dann vom Magier als zusätzliche astrale Reserve genutzt werden.

„Richard!“, ruft Älos, der zu Richard hinübergelaufen ist, „hast du zufälligerweise einen Astralstein dabei?“

„Ja, ich hab einige hier in meinem Mantel.“

„Sind sie noch geladen?“

„Sie sind alle leer, außer einem“, meint Richard, „ein wenig hat der noch.“

176

Richard holt einen weißen Kristall aus seinem Umhang und gibt ihn Älos.

„Wofür…", setzt Richard an.

„Danke!", sagt Älos noch und läuft wieder zu Arnt.

„Hier, Bursche, es ist noch was drin."

„Danke, Älos. *Berkana Laguz Uruz Tiwaz Uruz Naudhiz Gebo…*"

Er beginnt die Zauberformel zu sprechen und entzieht währenddessen Astralkraft aus dem Stein, den er in seiner rechten Hand hält. Seine Blutung wird gestillt und die Wunde verschließt sich ein wenig. Doch es reicht nicht aus, um die Wunden vollständig zu heilen. Dann gibt er Älos den Stein zurück.

„Ruh dich aus und überlass uns den Rest, ja?", sagt Älos. Er bringt Richard den Stein zurück, der ihn wieder in seinen Rauledermantel steckt. Die anderen Magier sind bereits stark erschöpft. Auch ihre astralen Reserven kennen ein Ende.

„Meister", sagt Will, als Älos wieder hinzukommt, „wisst ihr wie oft der Drache Blitze werfen kann?"

In dem Moment holt der Drache zu einer weiteren Blitzattacke aus.

„Achtung!", ruft Richard und will die Blitze wie vorhin mit seinem Schwert aufhalten, doch er steht nicht nah genug dran.

Erea, die genau in der Schussrichtung steht, zieht das Schwert der schwarzen Seelen hervor und hält es dem Blitzsturm entgegen. Mit lautem Getöse treffen die schwarzen Blitze auf den kalten Stahl der Klinge. Es scheint zunächst zu funktionieren und das Schwert der schwarzen Seelen hält den Blitzen stand (immerhin ist es eine legendäre Waffe), doch die Blitze haben eine erstaunliche Durchschlagskraft. Erea wird von ihnen getroffen und zurückgeschleudert.

„Erea!", kreischt Rebecka.

„Du Mistviech!", brüllt Ariagon und schlägt mit seinen Händen auf den Boden. Er murmelt dabei eine kurze Formel. Das Gestein wächst empor und legt sich ringsum seine Hände an, sodass sich an Ariagons Armen zwei große, steinerne Boxhandschuhe bilden.

„Älos, gib mir einen Schubs!", ruft er.

Älos spricht eine Zauberformel und Ariagon wird in die Luft befördert. Noch während er fliegt, holt er mit seinen Fäusten aus Stein aus… und gibt dem Drachen einen saftigen Schlag mitten ins Gesicht. Der Schattendrache brüllt und Blut fließt ihm übers Gesicht, doch besiegt ist er noch immer nicht.

„Wir brauchen einen Plan!", sagt sich Richard.

Dann färben sich die Augen des Drachen rot und eine schwarze Aura flackert um seinen Körper. Anscheinend hat sich die Kraft des Drachen gesteigert, ähnlich wie beim Cellus, nur dass solches bei Drachen noch nie zuvor beobachtet wurde. Wieder sprechen die Dinge für eine Illusion, also für eine Eigenkreation des Höllenwächters.

„Das sieht nicht gut aus…", sagt Adria und blickt Rebecka verunsichert an, die neben ihr steht, als der Drache plötzlich seine dritte Ladung an Blitzen abfeuert.

„Ausweichen!", ruft Richard den anderen zu.

Diese versuchen vom Einschlagsort wegzuspringen. Was sie nur nicht bedacht haben, ist, dass Erea noch bewegungsunfähig in der Zielrichtung des Drachen liegt!

Nein, Moment… Ariagon hat es gemerkt. Er bleibt stehen und hält die Arme wie ein X vor sich. Dieser letzte Blitzangriff scheint etwas stärker als die vorigen zu sein, denn die Blitze haben nun eine rote Färbung angenommen. Sie treffen auf seine Steinfäuste, doch diese werden rissig und beginnen zu bröckeln.

„Sowilo Tiwaz Ansuz Naudhiz Dagaz!", ruft Ariagon.

Die Erde umschließt seine Füße und festigt seinen Stand, sodass er nicht nach hinten geschleudert wird. Dann hören die Blitze auf und das Gestein um Ariagons Füße verschwindet wieder. Er fällt auf sein rechtes Knie und schlägt auf den Boden, um seine Fäuste von der Erde zu befreien. Als die Erde von seinen Händen bröckelt, sieht man, dass diese viele Risse haben und an diversen Stellen bluten.

Richard will gerade nach vorne stürmen und den Drachen mit seinem Trumpf niederstrecken, als Arnt ruft: „Nein, Richard! Heb dir das für den Höllenwächter auf!"

Richard hält inne und blickt sich zu seinem unbekannten Bruder um. Er hat Recht. Der eigentliche Kampf steht noch an. Und während er seinen Gedanken noch zu Ende denkt, saust Arnt bereits an ihm vorbei auf den Drachen zu.

Trotz seiner Wunden springt er dem Drachen entgegen und donnert dem Schattendrachen seinen knöchernen Kampfstab in den Bauch.

Der Schattendrache würgt kurz und schlägt dann mit viel Gepolter auf dem Boden auf. Der Drache verschwindet, begleitet von einem gewaltigen Feuer. Zurück bleiben nur ein gewaltiger schwarzer Abdruck des Drachens im Boden und ein Mantel, der langsam hinabgesegelt kommt von wer weiß woher. Ein langer schwarzer Mantel bleibt auf dem Boden liegen. Arnt geht humpelnd auf das Kleidungsstück zu.

Es ist ein Schattenmantel. Ein sehr seltenes Artefakt,

das einen in den Augen anderer unsichtbar macht, solange man sich dort aufhält, wo Schatten ist. Er ist auch ungewöhnlich reißfest und bietet trotz seiner Leichtigkeit einen enormen Schutz im Kampf.

Er stopft sich den Mantel in eine seiner Taschen.

„Das war unglaublich, Arnt", sagt Richard und kommt näher gelaufen, „aber du hättest uns was von deiner Wunde sagen können."

Arnt hat vollkommen vergessen, dass sein Hemd ja noch immer voller Blut ist. „Ach es geht schon, ich konnte mich heilen mit deinem Astralstein."

„Ist gut, sag aber das nächste Mal bitte Bescheid", merkt Ariagon an und sie gehen zu Erea, die mit Will und Adria etwas abseits sitzt.

„Wie geht es dir?", fragt Adria Erea und deutet auf die blitzförmigen Abdrücke, die sich über ihren Körper erstrecken.

„Ich fühle mich wie ein Suppenhuhn in der Suppe, aber ich überleb es", erklärt Erea und kommt zitternd auf die Beine. Etwas Blut tropft aus den blitzförmigen Abdrücken hervor, als sie aufsteht. Älos blickt sich währenddessen mit zusammengekniffenen Augen um. Der Nebel ist dichter geworden.

„Wir müssen weiter. Wenn wir hier raus sind, haben wir genug Zeit, unsere Wunden auszukurieren", sagt Erea und nimmt Wills Arm als Gehhilfe.

Sie gehen immer weiter auf das Portal zu. Es fehlen noch etwa dreißig Meter, es ist wahrlich zum Greifen nah…

Und plötzlich verschwindet der grünliche Nebel und zieht sich zu einem konzentrierten Punkt zusammen, als wäre dort etwas, was den Nebel einsaugt.

„Das ist er" sagt Älos.

Dann verschwinden die Rauchschwaden vollends und

man sieht die schattenhafte Gestalt. Sie gleicht einer verzerrten schwarzen Wolke mit dem Anschein eines Körpers. Ein formloses Gesicht mit drei rot brennenden Augen blickt ruhig und ohne jede Regung. Schwarze Bänder schweben spiralförmig, immer die Form beibehaltend, um das Monster herum.

„Der Höllenwächter"

Der Schein des Dämonenkubus dringt noch durch den Mantel Arnts und die Karte des Labyrinths leuchtet plötzlich wieder auf.
Nur bemerkt keiner die aufleuchtende Karte, da diese im Rucksack von Richard verstaut ist, und genauso wenig bemerken sie den leuchtenden blauen Punkt, der sich mit rasender Geschwindigkeit, alle Mauerpläne missachtend, auf das Zentrum des Labyrinths zubewegt.

Kapitel 19

„Jin Dooza, du bist meine erste Schülerin. Die begabteste Magierin dieses Jahrhunderts. Als Magierin der Finsternis ernenne ich dich zur Herrscherin der Eulen, das Tier, das nachts am besten sieht und am leisesten fliegt. Du bist fortan fähig, deine Gestalt zu wandeln, und als meine erste Schülerin wirst du, sofern es dein Wunsch ist, nicht mehr altern. Niemandem, außer den Göttern und dir, soll es in deiner Nähe möglich sein, zu zaubern. Deine zehnjährige Unterweisung ist hiermit beendet."

Jin Dooza wird nach Rakomir zurückgeschickt, mit nur einer Aufgabe: einen gewissen Richard Cliff zu finden, der in ferner Zukunft geboren werden soll. Nur *warum* sie das tun soll, wird ihr nicht erklärt.

Die Zeit wird mit den Jahrhunderten zu einem grausamen Feind. Sie verliebt sich, doch sieht zu, wie der Mann, den sie liebt, altert und stirbt, während sie ihre Jugend behält. Nicht fähig, bedenkenlos zu lieben, und nicht fähig, normal zu leben, wird sie von der Dunkelheit heimgesucht, die alle einsamen Herzen heimsucht.

Gefühle verlieren an Bedeutung, mit der Zeit wird alles bedeutungslos, denn alles würde im Gegensatz zu ihrer göttlichen Jugend altern und am Ende welken und sterben. Sie vergisst es, gnädig zu sein, sie vergisst es beinahe, Mitleid zu empfinden. Doch Dank Wizzles Unterweisung, verliert sie nicht die Erkenntnis über den Wert des Lebens, oder zumindest nicht vollkommen.

Und nie taucht ein Richard Cliff auf… bis sie das Gespräch zwischen einem Älos und einem Will, zwei

Windmagiern, belauscht, die aus Ny-Azh-Naduur flüchten wollen. Sie haben vor, sich mit einem gewissen Richard Cliff, dem Anführer eines Ordens, und seinen Anhängern zu treffen. Da erinnert sich Jin an ihre Aufgabe.

Sie folgt ihnen heimlich und bekommt mit, dass dieser Richard auch einer von Wizzles Schülern ist und durch ein Portal gealtert heimgekehrt ist. Was Jin nur nicht versteht, ist, warum dieser Richard Cliff ohnmächtig und verwundet zurückgekehrt ist. Der närrische Windmagier namens Älos wagt daraufhin eine gefährliche Methode, um Richard zu wecken. Dabei verliert Jins Zielperson das Gedächtnis.

Sie folgt der Gruppe weiterhin und wird hinter einem Busch beinahe entdeckt, schafft es aber, ihnen in den Irrgarten zu folgen. Dort passiert ein furchtbares Missgeschick, als der Dämon Ibal sich anschleicht. Jin bemerkt ihn nicht rechtzeitig und hat sich den Magiern auf eine zu kurze Distanz genähert. Da in ihrer Nähe jede Zauberei ihre Wirkung verliert, sterben zwei Magier auf Grund ihres Fehlers…

Nun ist sie ihnen bis zum Ende gefolgt, hat ihnen aber auch nicht versucht zu helfen, da sie nicht weiß, was Wizzle vor so langer Zeit genau von ihr wollte. Im Moment fliegt sie in der Gestalt einer großen weißen Eule über den Irrgarten. Für jedes andere Wesen, das nicht vom Irrgarten stammt, wäre es unmöglich, die Mauern zu überfliegen.

„Mal sehen, wie sie sich bisher machen…", denkt sich Jin und landet auf einer hohen Mauer, die den Rand eines großen runden Platzes bildet. Unten auf dem Platz sieht sie, wie die Magier des Ordens der magischen Octa gegen den Schattendrachen kämpfen.

„*Spannend, sie haben also anscheinend auch die drei Aufgaben an der bunten Gabelung überstanden...*", denkt sich Jin und verwandelt sich zurück in ihre menschliche Gestalt. Sie ist weit genug entfernt, sodass die Magier in ihren Zauberkräften nicht behindert werden.

„Mein Richard…, da habe ich so lange nach dir gesucht."

Sie geht sich mit der Zunge über ihre Lippen. Kein Mensch, der nicht lebensmüde ist, würde sich so seelenruhig auf eine so hohe Mauer setzen. Aber Jin Dooza ist auch kein normaler Mensch.

Ihre langen, schlanken Beine baumeln an der Mauer herunter. Schwarze Haare gehen ihr bis zur Hüfte und weisen einen seltsamen lila Schimmer auf. Große, grünschwarze Augen blicken halb verträumt in die schwarze Suppe, die an diesem Ort den Himmel ersetzt. Ihre Nase ist klein und konkav. Sie trägt ein weißes Kleid mit einigen grünen verschlungenen Linien. Um ihren Hals hängt eine Kette mit einem Anhänger. Er zeigt das magische Pentagramm, oder auch Drudenfuß genannt.

„Oh!", sagt sie, als sie beobachtet, wie der verletzte Bruder ihrer Zielperson nach vorne stürmt und den Drachen erlegt.

„Der ist auch nicht schlecht…"

Es macht ihr Spaß zuzusehen, wie die unbedeutenden kleinen Personen und ihr Richard dort unten um ihr Leben kämpfen. Das hat mal wirklich Unterhaltungswert!

Von dort oben hat sie eine gute Sicht auf das Geschehen. Dann verschwindet der Nebel allmählich und der Höllenwächter erscheint. Drei rote Augen ohne Pupillen blicken erbarmungslos auf die Magier hinab.

„Süß", meint Jin, als der Höllenwächter langsam auf die Magier zu schwebt, „jetzt wird's spannend…"

Kapitel 20

Der Höllenwächter zählt, ebenso wie die Dämonen Ibal, Azhi Dahaka, Grot und einige unbekanntere Dämonen, zu Monstern, die über das normale Dasein eines Dämons hinausgestiegen und zur eigenen Klasse geworden sind.

Der Höllenwächter ist jedoch anders als alle anderen. Ein Dämon mit unvorstellbarer Stärke... einer solch unvorstellbaren Stärke, dass viele, trotz einiger Augenzeugenberichte, seine Existenz für einen Mythos halten.

Und genau dieses Monstrum schwebt nun direkt auf sie zu, unheilvoll und gebieterisch. Ariagons Arme kleben vom ganzen Blut. Der letzte Kampf war etwas zu viel für ihn. Erea ist vollkommen ausgelaugt, genauso wie Rebecka.

Arnt kann kaum noch stehen und seine Wunde hat bei dem letzten Angriff gegen den Schattendrachen wieder angefangen zu bluten. Will, der noch am wenigsten erfahren ist in der Magie, hat für seine Zauber leider schon sämtliche Reserven aufgebraucht. Adrias Wasserbeutel ist so gut wie leer und die anderen haben ihre Trinkflaschen bis auf ein paar wenige, nicht nennenswerte Reste ausgetrunken.

Älos und Richard stehen ganz vorne. Sie sind wohl die einzigen, die noch genug Kraft haben, um zu kämpfen.

Älos kann nun endlich für seinen Fehler einstehen und wird niemanden hier mehr sterben lassen. Darvon ist sein Schüler gewesen und noch mehr als das. Für ihn glich Darvon einem Sohn. Kein Vater sollte seinen eigenen Sohn zu Grabe tragen. Innerlich ist Älos nun voll mit Energie. Sein Geist ist auf diesen Kampf vorbereitet.

Richard hingegen ist leer. In seinen Augen gibt es keinen Grund, sich vorzubereiten, da es keinen Grund gibt, sich zu fürchten. Das Gefühl der Furcht ist eine Schwäche, genauso wie das Gefühl von Stärke eine Schwäche sein kann. Stärke führt nur zu Übermut und Blindheit für die Tatsache. Richard ist bestens vorbereitet auf diesen Kampf, denn er lässt sich nicht von starken Gefühlen lenken. Er betrachtet kühl die Situation und hat sie vollständig aufgenommen.

Die anderen Magier halten sich nun zurück. Sie wollen Fernkampfzauber wirken, doch ein jeder von ihnen weiß eigentlich: Sie können nichts mehr tun. Sie alle sind am Ende mit ihrer Kraft und ihrer astralen Energie. Alleine Älos und Richard bleiben stehen, mit erhobenem Haupt, der Gefahr trotzend. Wie Felsen in der Brandung. Kein Rütteln bringt sie zum Kippen, keine Kraft sie zum Aufgeben.

„*Insaniae*!", ruft Richard und erzeugt einen leeren Raum um den Dämon. Dieser droht zu platzen, wie der Stachel des Ibal. Doch der Höllenwächter grölt und die schwarzen Bänder beginnen sich wie Spiralen um ihn zu drehen. Der Insaniae-Raum platzt und der Dämon schwebt unbeirrt weiter auf Älos und Richard zu.

„Mist, vergessen! Je größer der Raum, desto instabiler…", flucht Richard.

„Anfängerfehler", kommentiert Jin Dooza ungehört oben auf der Mauer.

Da schlägt der Dämon mit einem seiner schwarzen Bänder zu. Es saust durch die Luft.

„*Wunjo Ehwaz Isa Kenaz Hagalaz Ehwaz!*", ruft Älos. Geradeso saust das Band an Älos Kopf vorbei, als bereits das zweite angeflogen kommt. Dieses kann Älos nicht mehr ableiten und es wickelt sich um seinen Hals. Meister Älos baumelt in der Luft, doch da ist Richard zur Stelle und durchtrennt mit Christak das schwarze Band. Älos fällt zu Boden und greift sich schmerzerfüllt an die Kehle, wo die Würgespuren zu sehen sind.

„Älos, alles in Ordnung?", fragt Richard.

„Ja, es geht schon", antwortet dieser keuchend und muss husten.

Richard stürmt mit Christak nach vorne, verschwindet und taucht im selben Moment wieder bei Älos auf.

Moment - was ist nun passiert? Der Höllenwächter brüllt und seine Augen fangen Feuer. Ihm fehlen einige seiner spiralförmigen Bänder und diverse blau glühende Schnitte sind in seiner schattenhaften Gestalt zu sehen.

„Das ist also Christaks Fähigkeit...!", bemerkt Jin. Ihre Beine baumeln nun schneller. „Anscheinend lässt sich mit der legendären Waffe Nummer elf die Zeit kurz anhalten…"

„Richard, hast du deinen Trumpf nicht etwas früh ausgespielt?", fragt Älos und ist nun auch wieder auf den Beinen.

„Nein, ich will, dass dieses Monster kämpft, als würde das Monster selbst eine Niederlage als realistische Möglichkeit in Betracht ziehen. Somit wissen wir von Anfang an, wie sein Kampfstil ist", erklärt Richard.

„Ah,… verstehe", entgegnet Älos, unsicher, ob dieser Plan wirklich funktionieren wird.

„Außerdem", sagt Richard mit einem unbeschreiblichen Feuer, das in seinen Augen auf einmal entfacht, „war das nicht mein Trumpf."

„Wie bitte?"

Doch da schlägt der Höllenwächter bereits wieder zu. Ohne sagen zu können, von was sie genau getroffen werden, werden Richard und Älos nach hinten geworfen. Sie landen im Staub, einige Meter weiter. Im Liegen stützen sie sich auf die Ellbogen und blicken einander an.

„Scheiße", sagt Richard und grinst.

„Ja, Scheiße", sagt Älos.

Sie stehen wieder auf. Es ist motivierend, ihrer Erkenntnis folgen zu können, ihrer Überzeugung.

„Älos, du weißt, dass du dem Höllenwächter nicht wirklich schaden kannst mit Windmagie", merkt Richard noch an.

Älos erwidert grinsend: „Ich weiß. Aber ich kann ihn dennoch ablenken und hinhalten, richtig?"

Der Höllenwächter stürzt sich bereits wieder auf sie. Zwei Arme scheinen aus seiner verzerrten Gestalt hervorzuwachsen. Ebenso schwarz und verzerrt wie der Rest des Ungetüms.

Richard schlägt den Arm, der auf ihn zukommt, mit einem Schwerthieb ab. Der Höllenwächter brüllt kurz, doch der Arm wächst bereits nach. Älos weicht dem auf ihn zukommenden Arm noch gerade so aus.

Da hört man plötzlich die Rufe einiger Monstern hinter ihnen. Die Magier, die gerade nicht mit dem Dämon kämpfen, blicken sich erschrocken um. Wieder ertönen die Rufe…

„Lauft zum Portal!", brüllt Älos den anderen zu.

Diese sind hin und her gerissen.

„Vergiss es, wir lassen euch hier nicht zurück!", brüllt Erea.

Doch Richard hat erkannt, dass es das Beste wäre. Seine Freunde sind nicht mehr in der Lage, zu kämpfen. Sollten seine Freunde zu schwach sein, würden die Monster die Truppe umbringen und Richard und Älos wären währenddessen mit dem Höllenwächter beschäftigt und könnten nicht eingreifen.

„Älos hat Recht! Wir schaffen das hier, lauft ihr schon mal vor!", ruft er und duckt sich unter einem Schlag des Höllenwächters weg.

„Richard, ihr schafft das nicht alleine!", ruft Rebecka.

„Doch, schaffen wir. Jetzt geht endlich!", entgegnet er.

Ariagon steht zitternd auf, die Blitze des Drachen haben seine Arme gekocht.

„Er hat Recht. Wir sind ihnen hier nur ein Klotz am Bein. Nehmt Rücksicht auf seinen Wunsch!"

„Ist das Einsicht oder Feigheit?", sagt Erea.

Ariagon fühlt sich angegriffen und will bereits darauf reagieren, sieht jedoch, dass Erea weint. Sie will nicht noch weitere Freunde verlieren.

„Willst du der Tapferkeit und der Aufopferung der beiden mit Torheit begegnen oder willst du leben und ihrem Handeln den nötigen Sinn geben?"

Erea schaut weg und nickt. „Also gut"

„Ja, lasst uns hier abhauen", sagt Arnt, „doch dann wird Richard das hier besser gebrauchen können als ich", sagt er, holt den Schattenmantel hervor und wirft ihn Richard zu, der gerade durchatmen kann, da sich Älos auf den Dämon stürzt. Richard legt ihn sich um und nickt ihm dankend zu. „Danke… Bruder! Du wirst ihn unbeschadet wiederbekommen!"

„Mir ist wichtiger, dich unbeschadet wieder zu bekommen, also bleib verflucht nochmal am Leben, verstanden?", erwidert Arnt. Richard nickt.

„Das werde ich", antwortet er.

Die Magier laufen um den Dämon herum auf das Portal zu. Der Höllenwächter will sie bereits verfolgen, doch

Richard rammt ihm das Schwert in seinen verzerrten Körper. „Hiergeblieben!"

Sie nähern sich dem Portal immer weiter… erklimmen die unförmigen Stufen, sehen den Schleier im leeren Torbogen, doch halten kurz vor dem Schleier inne. Sie drehen sich noch einmal um.

„Sie werden das schaffen", sagt Will.

„Ja, werden sie… das müssen sie", bekräftigt Adria.

Dann fassen sich Adria und Will an den Händen und verschwinden im Schleier. Erea wischt sich die Tränen aus ihrem Gesicht und redet sich ein, es sei das Richtige. „Jetzt kann ich euch suchen: Mutter, Vater"

Auch sie tritt durch den Torbogen und verschwindet.

Arnt dreht sich verzweifelt zu seinem Bruder um:

„Wenn du nicht nachkommst, komme ich wieder und suche dich…", sagt er und legt seine rechte Hand auf seine linke Brust. „Das ist ein Versprechen."

Er wendet seinen Blick dem Schleier zu. „Auch wenn ich alleine ins Dunkel muss!"

Zögernd tritt er durch das Portal und verschwindet.

Ariagon und Rebecka bleiben als letzte stehen.

„Ich will euch beschützen", sagt Ariagon zu niemandem, „doch ihr auch uns… Es tut mir Leid, aber ich habe eine Erkenntnis gewonnen…"

Er dreht vor dem Schleier um und geht die Stufen wieder hinab.

„Keiner wird mehr sterben, auch ihr zwei nicht!", sagt er.

Rebecka geht auch wieder zurück. Sie kann Richard einfach nicht alleine lassen, egal was nun auch kommen mag.

Älos und Richard sind gerade mitten im Kampf, doch der Dämon scheint sie zurückzudrängen. Dann bemerkt Richard, wie Ariagon und Rebecka wieder zu ihnen kommen.

„Was machst ihr? Geht! Verschwindet!", ruft er verzweifelt. Zum allerersten Mal hört man wirkliche Sorge wieder in seiner Stimme.

„Wisst ihr, was ich an diesem Ort für eine Erkenntnis gewonnen habe?", ruft Ariagon.

Da dreht sich der Dämon um und wendet sich von Richard und Älos ab.

„Dämonen sind Scheiße."

Ariagon schmettert seine blutenden Fäuste auf den Boden und man hört seine Finger brechen.

„AAARRGGHH!"

Der Boden um ihn herum wird rissig und beginnt zu zittern. Aus den Rissen fliegen diverse spitze Steine, die beginnen, in einem großen Kreis um ihn herum zu schweben.

„Ich kann ihn nicht verletzen, nein, das kann ich nicht! Aber Rebecka kann es! *Fehu Ehwaz Sowilo Sowilo Ehwaz Laguz!*"

„*Ehwaz Naudhiz Tiwaz Fehu Laguz Ansuz Manaz Manaz Tiwaz!*", ruft Rebecka. Die Steine fangen Feuer, fliegen mit unfassbarer Geschwindigkeit aus der Kreisformation und bleiben in der verzerrten Gestalt des Dämons hängen. Die Flammen brennen auf seinem ganzen Körper. Der Dämon schlägt vor Schmerzen wild um sich und versucht die Steine los zu bekommen. Richard und Älos erkennen die Lücke in seiner Verteidigung und stürzen sich auf ihn.

Älos unterstützt Richard mit einem Windstoß, der Richard dem Dämon entgegenträgt. Dieser versetzt dem Dämon einen unbezahlbar saftigen Hieb in seinen

Leib. Die Gestalt des Dämons verzerrt einen Moment lang noch mehr und seine Atmung wird schwer. Doch dann beruhigen sich Atmung und Gestalt wieder.

„Jetzt geht! Ihr habt euch zu sehr verausgabt!", ruft Älos.

Der Dämon hat sich wieder Richard und Älos zugewandt. Da wird Rebeckas Haut plötzlich grau und ihre Augen schwarz. Sie fällt zu Boden und ringt nach Luft.

„Rebecka!", sagt Ariagon und neigt sich zu ihr herunter.

„Was ist passiert?", ruft Älos.

„Sie ist im *Zeng*, sie hat zu viel ihrer astralen Kraft verbraucht!", antwortet Ariagon.

„Bring sie hier raus! Schnell!", ruft Richard.

„Ja! Und wehe ihr kommt nicht nach!", brüllt Ariagon und hebt Rebecka langsam vom Boden. Seine gebrochenen Finger schmerzen dabei ungeheuerlich, doch er schafft es, sie hochzuheben. Als er Richtung Portal schreitet, kommt ein wenig Wind auf. Es ist erfrischend. Seine blutigen Arme werden schwerer, je näher er dem Portal kommt. Seine eingedellte Rüstung klappert bei jedem Schritt. Er ringt sich die Stufen hinauf zum Schleier. Jeder Muskel scheint sich dagegen wehren zu wollen und jeder Teil seines Körpers fühlt sich müde und geschunden an. Und dann ist es nur noch ein letzter Schritt. Ein allerletzter Schritt. Er wirft noch einen letzten Blick zurück auf seine Freunde.

„Jetzt", sagt er und wendet sich wieder dem lila Schleier zu, „kann ich guten Gewissens ziehen", und er atmet zum ersten Mal seit langer Zeit frische Luft.

Kapitel 21

Sie treten durch den Schleier, Adria und Will als Erste, dann Erea und Arnt. Das Lila des Schleiers nimmt einen grünlichen Ton an und ihre Sinne verspüren plötzlich Dinge, die sie schon beinahe vergessen hatten. Ihre Ohren vernehmen das Zwitschern von Vögeln. Ihre Nasen riechen den Duft von Pflanzen. Sie verdecken ihre Augen vor dem eigenartigen grellen Licht am Himmel, das gleißend hell und unnachgiebig auf sie herabstrahlt.

„Sonne", sagt Arnt, „Die gibt's ja auch noch…"

Sie befinden sich vor dem Haus der Hölle, vor der Tür, die sich, als sie das Haus betraten, zusammenknüllte, verschwand und dann wieder verschlossen in ihren Angeln hing. Noch immer schweben schwarze Bretter um das Haus herum.

Will blickt sich hektisch um. „Moment… das ist nicht die Straße nach Grufnor!", sagt er.

Das Haus steht mitten auf einer Hauptstraße, die leicht bergab auf eine große Stadt zuführt. Von dort hört man viele Stimmen, wie auf einem Markt, über die hügeligen Felder schallen, die etwas an die Felder südlich von Ny-Azh-Naduur erinnern. Anscheinend herrscht dort geschäftiges Treiben.

„Das ist Azbalon", sagt Adria erstaunt, „die Hauptstadt!"

„Was machen wir hier?", fragt Erea.

„Es hieß doch, das Haus verschwinde und erscheine, wann es wolle…", überlegt Arnt.

„Richtig… anscheinend hat es, während wir im Irrgarten waren, den Ort gewechselt", vermutet Will. Arnt dreht sich wieder zum Haus um und bemerkt dann, dass Ariagon und Rebecka noch nicht durch das Portal gelangt sind.

„Wo sind Ariagon und Rebecka?" fragt er.

„Waren sie nicht direkt hinter dir?", überlegt Adria. Sie warten noch mindestens eine halbe Stunde vor dem Haus, bis die beiden auch aus der Eingangstür gestolpert kommen. Ariagon trägt Rebecka in seinen blutigen Armen. Kaum ist er ins Freie getreten, bricht er zusammen und wird, ebenso wie Rebecka, besinnungslos.

Als die beiden dann aufwachen, ist es bereits etwas später. Erea und Will haben es geschafft, ein Lagerfeuer im Wald etwas abseits des Hauptweges zu entfachen. Die belaubten Bäume schützen sie vor fremden Blicken.

„Wo sind wir?", fragt Ariagon und schaut sich seine Arme an. Arnt hat sie mit einer Paste von Pflanzen eingerieben und mit Stoff verbunden. Die Schmerzen wurden gemildert.

„Wir sind hier nahe Azbalon…", antwortet Adria.

Rebecka ist auch aufgewacht, ihre Haut ist weniger grau und das Schwarze ist aus ihren Augen gewichen.

„Die Hauptstadt? Was machen wir hier, das ist zu gefährlich, immerhin haust hier Nizedir, der grausame König", meint Rebecka.

„Das Haus hat den Ort gewechselt und hier sind wir rausgekommen", meint Will. „Doch da es so nahe der Hauptstadt liegt, sollte man erwarten, dass es von Rittern des dunklen Bundes und anderen Untergebenen von Nizedir umstellt sein sollte."

„Keine?", fragt Ariagon.

Will schüttelt den Kopf. „Keine. Daher vermuten wir, dass das Haus mit der ersten Person, die es verlassen hat, auch den Standort gewechselt hat."

Kurzes Schweigen, das Lagerfeuer prasselt im stillen Wald. Dann bemerkt Ariagon Arnt, der schlafend auf dem Boden liegt. Erea folgt seinem Blick.

„Er hat viel Magie verbraucht, um euch zu heilen. Beinahe wäre er ins Zeng gefallen. Der Schlaf jetzt tut ihm sicher gut."

Rebecka schaut sich um, als sie schockiert feststellt, dass Richard und Älos noch immer nicht erschienen sind. „Wo sind…?"

„Sie sind noch immer im schwarzen Haus", sagt Will.

„Oh Götter…", sagt Rebecka und hält ihre Hände besorgt vors Gesicht.

„Keine Sorge", meint Will, „Meister Älos ist stärker und sehr viel zäher, als man glauben mag… und Richard sowieso."

Ariagon gibt zu bedenken: „Ja, vielleicht kämpfen sie noch immer, doch selbst wenn sie gewinnen, wissen wir nicht, was es mit dem einen blauen Punkt auf sich hat, der uns verfolgte… Moment, die Karte!"

„Pass auf, Ariagon. Schone dich und deinen Körper", merkt Erea an.

Ariagon kommt zittrig auf die Beine, torkelt zu Arnts Rucksack, der rechts neben dem schlafenden Arnt liegt, und zieht die Karte hervor, wobei er die Zähne zusammenbeißt, als er mit seinen gebrochenen Fingern nach der Karte greift.

„Sie leuchtet", meint Ariagon. Die anderen kommen zusammen und schauen sich die Karte an: Die Monster in Rot sind im ganzen Irrgarten verteilt. Zwei grüne Punkte markieren El Artren und Darvon und zuletzt sieht man drei leuchtende Punkte in der Mitte des großen Platzes, bei dem Portal. Zwei blaue… und einen grünen.

Die Frage, die sich nun alle stellen, ist selbstverständlich: Wer ist der neu dazugekommene grüne Punkt?

Anscheinend hat der Verfolger Richard und Älos eingeholt… und einen von ihnen getötet? Oder haben Richard und Älos ihren Verfolger getötet? Außerdem ist der große rote Punkt, der den Höllenwächter darstellt, verschwunden.

„Sie haben wenigstens den Höllenwächter besiegt, aber wer…", fragt sich Rebecka.

„Ja, das finden wir wohl erst heraus, wenn sie das Portal verlassen…", sagt Ariagon. Wie auf Kommando verschwinden die beiden blauen Punkte.

Plötzlich fängt die Karte an zu rauchen und die Ränder zu glühen.

„Was zum…?", wundert sich Ariagon und lässt die Karte fallen Im nächsten Moment fängt sie Feuer, verbrennt und hinterlässt einen Haufen Asche.

„Schnell, zum schwarzen Haus!", sagt Rebecka und sie laufen geschwind los.

„Wartet, einer muss hier bleiben und auf Arnt aufpassen!", sagt Erea, doch die anderen sind bereits im Wald verschwunden. „Dann bleibe ich einfach hier, also wirklich. Da ist man die Jüngste und trotzdem die einzige, die nachdenkt."

Kapitel 22

„Älos, du kannst mit deiner Windmagie nicht mehr viel ausrichten, kümmere dich um die Monster, die angelaufen kommen!", brüllt Richard. Seine Haare kleben an der dreckigen Stirn. Die Monster, die eine Illusion zu sein schienen, sind nun überall am Rand des großen Platzes aufgetaucht. Vierarmige Müffler, Skelette, Dämonen, Fettils, Celli, aber auch viele andere Monster, die sie bisher noch nicht getroffen haben. Das Schaudererregendste ist jedoch der Ghul, der allen voraus auf Älos zumarschiert.

„Verstanden!", ruft Älos. „Und Richard, verlier nicht den Glauben, hörst du? Ich verstehe, dass dein Herz fast leer ist, aber du erkennst das Gute, du hast Vertrauen und Zuversicht! Verliere diese Eigenschaften nicht im Kampf!"

Älos hat Tränen in den Augen. „Weißt du, Richard, nicht nur du kennst Zauber, die nicht aus Rakomir stammen. Ich bin alt und bin viel gereist… Ich war bereits in den Landen nördlich Rakomirs und lernte dort einen Zauber…"

Richard hebt sein Schwert und schlägt einen Arm des Höllenwächters zur Seite. Er merkt, dass das nichts bringt. Der Höllenwächter wird nicht schwächer…

„Ein Zerstörungszauber, ein Massenzerstörungszauber", meint Älos.

Da erscheint ein Schwert in der Hand des mächtigen Dämons. Er schlägt damit zu und Richard weicht dem kraftvollen Hieb in letzter Sekunde aus… seine Ausdauer lässt nach.

„Älos! Was auch immer du planst, tu es, Hauptsache es

funktioniert, JETZT!"

Der Ghul brüllt laut und die Meute von Monstern hinter ihm antwortet mit ebenso lautem Gebrüll. Dann stürmt der Ghul nach vorne und die Armee folgt.

Älos unscheinbarer knorriger Wanderstock beginnt am einen Ende zu leuchten. Sein brauner Mantel wirft Wellen in dem schlagartig aufkommenden Wind, seine weißen langen Haare fangen an, wild um ihn zu wirbeln. Während Richard mit dem Höllenwächter beschäftigt ist, bewegt sich Älos langsam auf die auf ihn zustürmende Masse von Monstern zu und brüllt: „Richard, wenn ich JETZT sage, erschaffst du um dich herum den Vocascutuszauber! Hörst du?"

„Moment, Älos! Was hast du vor?"

Die Hände des alten Meisters zittern und eine Träne rinnt ihm übers Gesicht. Seine Antwort ist alles andere als erwartet: „Richard, du warst immer ein guter Junge, ein fabelhafter Sohn."

Stille. Die Monsterarmee ist egal, der Höllenwächter ist egal.

„V- V- Vater?"

Man sieht noch, wie Älos seinen Stab hebt und ihn den Monstern entgegenstreckt:

„JETZT, RCIHARD!"

„VOCASCUTUS!", ruft Richard verunsichert und eine hellbläuliche Schutzkugel umhüllt ihn. Er schaut seinen unbekannten Vater an. Was ist das, was er da fühlt? Ist es Trauer? Ist es Schmerz… oder doch eher Freude? Er will seinen Vater noch so viel fragen…

„Die anderen wissen nichts davon, doch du musstest es wissen, bevor ich sterbe!", sagt Älos noch. Sein Stab leuchtet immer stärker.

„Ich liebe dich mein Sohn… *IPSERBATIO!*"

Ein explosionsartiger Wind kommt aus seinem Stab hervor und tötet die Massen an Monstern mit einem Schlag. Bloß noch der Ghul und der Höllenwächter stürmen auf Älos zu, um seinen Stab zu zerstören.

„Zu spät, ihr Mistviecher!", ist das Letzte was Meister Älos sagt.

Der Wind wird feurig grün und eine noch viel gewaltigere Explosion als zuvor nimmt den ganzen Platz des runden mittleren Bereiches des Irrgartens ein und verschlingt den Höllenwächter, den Ghul, alle anwesenden Monster und auch Älos selbst.

„NNEEEEIIINN!", ruft Richard, der in einem Schiff aus Nichts einsam in einem Meer aus windigen grünen Flammen segelt.

„Also, das war mal eindrucksvoll!", bewertet Jin Dooza oben auf der Mauer.

Der Wind und die grünen Flammen legen sich allmählich wieder. Richards weiße Haare hängen ihm vor dem Gesicht. Einige Tränen tropfen auf den kalten Steinboden.

Als Richard aufblickt, sieht er, wie die letzten Windzüge Staub um Älos Stab herum aufwirbeln: Der Zauberstab steckt aufrecht im Boden. Massenweise tote Monster und wertvolle Artefakte liegen auf dem gigantischen Platz von 300 Metern Durchmesser verteilt.

„DU NARR!", brüllt Richard aus Leibeskräften. Er liegt am Boden und robbt auf den Stab zu. „WIE KANNST DU MIR DAS ANTUN? WIE KANNST DU DAS WILL UND ARNT UND DEN ANDEREN ANTUN?"

In dem Moment erhebt sich eine finstere Gestalt aus dem aufgewirbelten Staub. Er ist nicht tot... Der Höllenwächter hat den vernichtenden Angriff überlebt.

Richard erhebt sich, sein Schwert noch immer fest umklammert. Mit zitternder Stimme ruft er: „Deinetwegen ist Älos gestorben! Zwei meiner mir fremden Freunde sind gestorben und nun ist mein mir unbekannter Vater wegen dir tot... Du hast meine Wut entfacht, wie niemand zuvor, Dämon!"

Er zieht sich die Kapuze seines Schattenmantels über, springt in einen Schatten und verschwindet in der Dunkelheit. Dann ist es eine Zeitlang still. Der Höllenwächter schaut sich um und stößt immer wieder mit seinem Schwert nach den Klängen, die Richards Fußtritte verursachen, doch dieser bewegt sich so schnell und flink, dass der Dämon die Stelle mit seinem Schwert erst erreicht, wenn Richard zwei Schritte weitergehüpft ist. Dann prescht Richard nach vorne, direkt auf den Höllenwächter zu, und versetzt ihm einen Hieb mitten in seine verzerrte Gestalt. Der Höllenwächter dreht sich um, kreischt und sticht mit dem Schwert dorthin, wo er Richard vermutet. Er verfehlt den Unsichtbaren etwa um einen Meter. Immer wieder versetzt er dem Höllenwächter auf diese Weise einen Schlag. Doch auch nach unzähligen Wiederholungen, nach denen Richards Arme sich anfühlen wie pürierte Kartoffeln, steht der Höllenwächter noch immer da.

Nach einiger Zeit hebt der Höllenwächter seine Hände und auf dem gigantischen runden Platz beginnen auf einmal viele Linien zu glühen. Es ergibt von oben betrachtet einen gigantischen Stern, ein Pentagramm. Am Rande des großen Platzes leuchten riesige Runen auf. Richard erkennt diese Anordnung von Linien. Er erkennt das magische Pentagramm auch von unten. Es vereint die fünf Elemente mit ihrer rakomirischen Runenformulierung in einem Kreis. Und da erinnert er sich plötzlich wieder zu Teilen an Wizzles Lehrstunden... Dass er erkennt, dass die Linien ein Pentagramm bilden, ist schön und gut, aber der Mantel macht nur unsichtbar im Schatten... und viel Schatten gibt es nun nicht mehr. Richard ist plötzlich wieder zu sehen. Der Höllenwächter scheint zu grinsen, denn die Winkel des schwarzen Striches unter seinen Augen heben sich in die Höhe. Er holt mit seinem riesigen Schwert aus und schlägt damit nach Richard.

Richard kennt diese Situation. Er hat sie mit Wizzle geübt, ja. So ähnlich hat er es bereits instinktiv bei dem Dämon Ibal getan... Er erinnert sich, was er machen muss, und springt hoch in die Luft. In dem Moment, in dem das Schwert unter Richards Füßen vorbeisaust und sich durch den Stein bohrt, landet er auf der Breitseite des Schwertes. Richard läuft das Schwert entlang und auf den Dämon zu. Dann springt er vom Schwert ab: ein gigantischer Sprung, direkt auf die Brust des Wächters zu. Christak gräbt sich tief in die schwarze, verzerrte Gestalt des Dämons.

„Schmeckt dir das?", spricht Richard hasserfüllt. „Ja, da vergeht dir dein blödes Grinsen!"

Der Höllenwächter kreischt wieder, doch stirbt noch immer nicht. Richard landet wieder auf den Beinen und bringt etwas Abstand zwischen sich und den Höllenwächter, als er plötzlich einen Geistesblitz hat.

Er ist außer Atem und sich ungewiss, ob er dem nächsten Schlag des Höllenwächters ausweichen kann. Er zieht also die Phiole des Cellus hervor und trinkt den Trank, ein Elixier, das ihn für kurze Zeit unsichtbar werden lässt.

„Ohne diesen Vorteil wird es mir wohl nie möglich sein, dich zu besiegen… aber jetzt bist du fällig!"

Der Höllenwächter sieht Richard trotz des Lichts verschwinden und wird im nächsten Moment von Christak geköpft. Ein weiterer rasanter Schlag teilt den Dämon entzwei, der sich daraufhin in schwarzen Rauch auflöst und gen Himmel schwebt. Das wars. Es ist vorbei. Auf Richards linkem Arm brennt sich im selben Moment ein Runenschriftzug ein und ein beißender Schmerz schießt ihm durch den Körper.

„AAAAHHR!"

Der Höllenwächter hinterlässt kein Artefakt.

„ÄLOS WÜSSTE JETZT, WAS DIESE RUNEN BEDEUTEN!", ruft Richard erzürnt und steckt Christak zurück in die Scheide. Dann beginnt er zu suchen und hebt die wertvollsten Artefakte und Hinterlassenschaften, die er auf dem großen Platz findet, vom Boden auf: einige Dämonenschwerter, einige Bögen, ein höchst eigenartiges Amulett und eine Phiole mit der Essenz des Lebens, die Hinterlassenschaft des Ghuls. Wenn etwas von Älos übrig wäre, hätte er ihn mit diesem Trank retten können…

Richard wankt etwas beim Einsammeln. Zum Transport wickelt er das alles in ein Müfflerfell.

Zuletzt nimmt er Älos Stab. „Ich werde diesen Stab in Ehren halten… Vater"

Vom Ring der Zerstörung, der legendären Waffe Nummer 13, ist nichts zu sehen. Doch der hätte ihnen sowieso nicht mehr viel genützt… die Gegner, mit denen sie es zu tun haben, haben kein Gewissen. Dieser Ring wurde nicht für Recht und Ordnung, sondern für das Chaos geschaffen. Er nützt nur denen, die unterdrücken… Es ist besser, dass der Ring fort ist.

Voll beladen, will er gerade die Stufen zum Portal erklimmen, als ihn jemand von hinten antippt. Erschrocken lässt er die gesammelten Sachen vor dem Portal fallen.

„Hallo, mein Hübscher!'", sagt Jin Dooza.

Richard dreht sich schockiert um. Eine Frau um die zwanzig steht vor ihm. Sie trägt ein weißgrünes Kleid. Richard hat lange nicht mehr so saubere Kleidung gesehen…

Er zieht Christak und hält es ihr drohend entgegen. „Warum ist dein Kleid so sauber?"

Jin schaut ihn verdutzt und belustigt zugleich an: „Ist das die erste Frage, die du mir stellst? Mein Name ist Jin, Jin Dooza."

Richard fasst sich an seinen Kopf, er hat eine Platzwunde am Schädel. Sie muss entstanden sein beim Kampf gegen den Höllenwächter…

„Mein Name ist…"

„…Richard", vollendet Jin.

„Woher…?", stöhnt er.

„Glaub mir, nach einigen hundert Jahren vergisst man den Namen nicht so leicht…"

„Was?"

„Wie dem auch sei. Ich komme direkt zum Punkt", sagt Jin. „Auch du bist einer von Wizzles Schülern"

„Du bist…"

Richard ist so müde, dass er den Satz nicht mehr zu Ende bringen kann. Seine astralen Kraftreserven sind aufgebraucht. Er beginnt zu schwanken.

„Ich… meine Freunde, sie…"

Und er fällt ohnmächtig zu Boden.

„Ach du meine Güte…", sagt Jin. Sie wirft die von Richard gesammelten Sachen durch das Portal und hebt ihn vom Boden. Dann steigt sie selbst mit Richard in den Armen hindurch.

…

Jin landet elegant auf den Beinen, als sie vor dem Haus der Hölle erscheint. Es ist Nacht. Das Haus ist umstellt von den Rittern des dunklen Bundes und zwei Sleetchern. Das sind große Hunde mit der Haut eines Krokodils. Sie bellen, als Jin vor dem Haus mit Richard in ihren Händen erscheint.

„Das sind sie!“, hört man einen Ritter rufen.

„Bogenschützen, anlegen!“, ruft der Kommandant dieses Stoßtrupps.

„Kinder haben heutzutage nichts als spielen im Sinn“, sagt Jin und leckt sich die Lippen, „aber ihr dürft meinem Richard kein Haar krümmen! *Berkana Laguz Isa Naudhiz Dagaz.*“

Es wird noch dunkler. Der Wind nimmt leicht zu. Da begrabschen die Männer verwirrt ihre Gesichter.

„Wo sind sie?“, ruft einer der Bogenschützen, der sie umstellt hat.

„Ich sehe sie nicht, ich sehe gar nichts! Was ist das für ein Zauber?“, sagt der Kommandant und blickt verwirrt umher. Jin Dooza hat sie alle mit einem Finsterniszauber kurzzeitig erblinden lassen.

„Auf Wiedersehen!“, sagt Jin, geht am Hauptmann vorbei und tritt ihm im Vorübergehen auf den Fuß.

„Aaauuu!“, ruft dieser und fällt um.

Sie lächelt kurz und legt Richard sachte auf dem Weg ab. Dann holt sie die ganzen Waffen, die Richard eingesammelt hat, und legt sie neben ihn. In dem Moment hört Jin, wie im Wald rechts von ihr einige Menschen auf sie zulaufen.

„Gut gekämpft, mein Held“, sagt sie noch und verwandelt sich in eine große weiße Eule.

„Richard!", hört man eine Frauenstimme aus dem Wald rufen.

„Älos!", ruft eine weitere Stimme.

Richard öffnet kurz die Augen und sieht die große weiße Eule an, die auf ihn herabblickt.

„Jin Dooza…", sagt er.

Dann schließt er wieder die Augen. Die weiße Eule breitet ihre Flügel aus. „Ich behalte dich im Auge", sagt sie noch und hebt ab. Da kommen auch schon die anderen Magier des Ordens angerannt.

„Richard, Richard, Richard!", ruft Rebecka und kniet sich vor ihm hin. Sie legt ihren Kopf auf seine Brust. Ein Puls.

„Er lebt", sagt sie und gibt ihm einen Kuss auf die Stirn.

„Ja… nur Älos fehlt", stellt Will betrübt fest.

„Wo ist der zweite leuchtende Punkt?", fragt Ariagon, schaut sich um und bemerkt die Ritter des dunklen Bundes, die das Haus umstellt haben. Sie brüllen herum und rollen über den Boden. Einige fallen in den Matsch, andere knallen mit den Köpfen gegeneinander.

„Was zum…?", setzt Will an.

„Meint ihr, das hat der zweite Punkt auf der Karte zu verantworten?", wundert sich Adria und zeigt auf die Männer, die blind gegeneinander laufen.

„Möglich" meint Ariagon, „nur Älos ist…"

„…der grüne Punkt", vollendet Will. Ihm stehen die Tränen in den Augen.

„Er ist seiner Motivation gefolgt", sagt Will weiter, „Meister… ich hoffe, Ihr habt Euren Frieden gefunden…"

Adria umarmt ihn und Will kann den Drücker gut gebrauchen. *„Schwäche zu zeigen ist gut"*, denkt sich Will, *„Schwäche und Gnade unterscheiden uns von*

Monstern und von jenen Menschen, die zu Monstern geworden sind."

Und dann weint und schluchzt er und drückt Adria fest an sich. Die anderen Magier sind still. Ein Moment des Abschieds. Ein weiterer Gefährte ist tot.

Die Sonne geht langsam wieder auf, die Nacht neigt sich dem Ende. Im Norden sind die südlichsten Ausläufer des Verisgebirges in gelbes Licht getränkt. Das grünliche Kupferdach der Bibliothek Azbalons erstrahlt im Glanze der aufgehenden Sonne, während der Fluss Sonva sich seinen Weg durch die hügeligen Felder gen Süden sucht, wo er irgendwann im Meer mündet. Hinter Azbalon am Horizont sieht man den östlichen Teil des Cataracta - Gebirges. Die Vögel zwitschern und eine sanfte Brise weht durch die Haare der Octamagier.

„Ich hatte vergessen, was es heißt zu leben...", meint Adria.

„Es ist ein neuer Tag und wir haben neue Ausrüstung", sagt Ariagon und deutet auf die Kurzschwerter und Bögen, die auf dem Boden liegen. Jeder einzelne von ihnen trägt weitere Waffen, Felle und andere Ausrüstungen mit sich. Da fällt Ariagons Blick auf zwei ganz besondere Gegenstände unter den Artefakten. Ariagon hebt das Amulett und die Phiole auf und sieht sie sich genau an.

„Die Essenz des Lebens und...", sagt Ariagon und schaut sich das Amulett genauer an.

„Was ist das?"

Ende

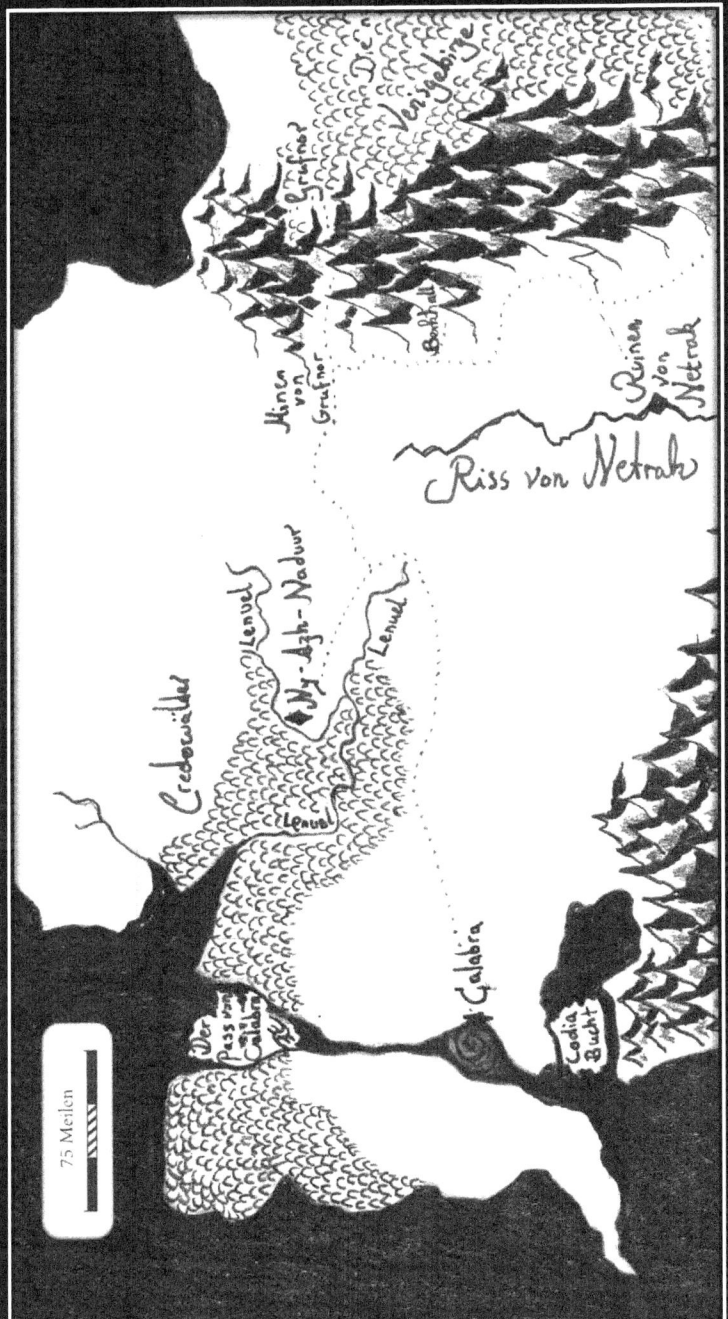

Danksagung

Zunächst danke ich dem reisenden Händler Caskur Navarac für seine handgefertigte Karte Rakomirs, von welcher auf der vorigen Seite ein Ausschnitt zu sehen ist. Ohne diese wären mir zahlreiche Beschreibungen um einiges schwerer gefallen.

Ich danke meinem Karatelehrer René und seiner Tochter Midoli für ein offenes Ohr und ein kritisches Auge. Als ehemaliger Steuereintreiber in Calabra, ist René auch in der Finanzwelt erfahren und stet mir seit jeher mit aufrichtigem Rat zur Seite.
Auch meinem indischen Freund Manuel gilt großer Dank. Er ist sowohl der Genius hinter der Internetseite, als auch derjenige, der in allen Belangen des Bildmaterials und der Bildbearbeitung stets hervorragende Arbeit leistete. Ebenso danke ich dem koreanischen Kumpanen Dae-min, welcher mich in die Kunst des professionellen Schnorrens im Internet einführte und mich auch hinsichtlich ästhetischer Mängel beriet.

Zuletzt muss gesagt sein, dass dieses Buch, ohne ein vernünftiges Lektorat, nicht hätte veröffentlicht werden können. Dieses Problems nahm sich glücklicherweise die Schildkröte Bogus an, obwohl ihr literarisches Interesse eher bei Thomas Mann anzusiedeln ist, und obwohl sie dafür im Grunde kaum die Zeit hatte.
An dieser Stelle ein großes Dankeschön! Möge die Schildkröte es mir verzeihen, dass ich die Danksagung nicht lektorieren ließ, und sich so der ein oder andere

Fehler womöglich in dieses letzte Blatt schlich. Doch sie möge es mir nachsehen, da es ihr bestimmt nicht gefallen hätte, derart in den Himmel gepriesen zu werden.

Mein Dank gilt darüber hinaus all den Menschen, die mich zu neuen Figuren inspirierten und all jenen, die mit mir zusammen die Testversion des P&P RPGs spielten und erprobten.

Ich danke der Muse.

Ich danke dem Sommer vor 3 Jahren.

Ich danke dem Tor in eine erschreckende und fantastische Welt und den Geschichten, die sich wie von selbst schrieben.

Danke sehr.

Die acht Octamagier
des inneren Zirkels
(und ein kurzes Nachwort meinerseits)

Die Magier ersten Ranges (bzw. des inneren Zirkels) sind die Magier, die ihr Element unter allen Octaanhängern am besten beherrschen, ausgenommen der Altmeister. Da die Octa jedoch zurzeit sehr, sehr klein ist (was auch an dem langen Krieg gegen den dunklen Herrscher Nizedir und seiner Schar von Rittern des dunklen Bundes liegt), gibt es ziemlich selten mehrere Magier im Orden, die dasselbe Element beherrschen. Zudem ist, aufgrund des erwähnten Krieges, die Magierschaft mittlerweile auf ein kaum erfassbares Minimum gesunken.

Der Orden der magischen Octa ist im ganzen westlichen Rakomir die einzige organisierte Gruppe von Magiern, die aktiv Widerstand leistet. Weit, weit im Osten gibt es noch Gilden von Magiern, die in Frieden leben und sich wenig scheren um die Unruhen im fernen Westen. Im südöstlich gelegenen Aquitana gibt es beispielsweise noch die große Wassermagiergilde *Blueraven*.

Doch ich merke bereits, wie ich abschweife… Die acht Octamagier des inneren Zirkels, die in diesem Buch vorkamen, werde ich im Folgenden kurz beschreiben:

Richard Cliff (26/36 Jahre alt)

Richard Cliff ist der Anführer des Ordens der magischen Octa. Er hat weißes Haar, kantige Gesichtszüge, graue Augen und ist recht schlank gebaut. Er beherrscht das Element der Leere und besitzt das Schwert Christak, die legendäre Waffe Nummer elf. Diese Fähigkeiten nutzend, übt er den Beruf des Junkers aus, bei dem man Sammler und Jäger magischer Waffen und Artefakte ist. Als ein solcher trägt er stets einen Rauledermantel.

Manchmal fühlt er sich aufgeschmissen, da er als Anführer der Octa viele schwierige Entscheidungen zu treffen hat und auch mit unterschiedlichen Meinungen innerhalb des Ordens klarkommen muss.

Richard verliert bei einem unerklärlichen Vorfall seine Erinnerungen, woraufhin er düster und kaltherzig wird. Sein Blick wird leer, als hätte er ein großes Loch in der Brust, das er nicht zu füllen vermag. Zudem altert er mit einem Mal um zehn Jahre. Niemand kann sich auf diesen seltsamen Vorfall einen Reim machen kann. Vorerst.

Arnt Cliff (23)

Arnt Cliff ist Richards Bruder. Er hat braunes Haar und grüne Augen. Aus diesen spricht ein starker Kampfgeist. Er beherrscht das Element der Natur und führt, ebenso wie sein Bruder, eine legendäre Waffe: den knöchernen Kampfstab (Nummer fünf). Auch Arnt übt den Beruf des Junkers aus und trägt dementsprechend einen Rauledermantel.

Arnt ist spontan und impulsiv, oft handelt er instinktiv

wie ein Anführer und übernimmt diese Rolle zeitweise auch, während Richard seinen Erinnerungsverlust hat. Nichtsdestotrotz fühlt sich Arnt häufig im Schatten seines Bruders.

Man weiß, dass Arnt in seiner Kindheit in Lignum wohnte (möglicherweise mit Richard?).

Adria Baldar (22)

Adria ist eine Wassermagierin. Sie hat hellblondes, ellenbogenlanges Haar und hellblaue Augen. Ihre Haut ist sehr hell und weich wie ein Seidentuch. Nichtsdestotrotz ist Adria im Kampf erfahren, sie ist schlank, schnell und wendig. Auf ihren Schultern ruht stets ein blaugrauer langer Mantel.

Insgesamt macht Adria einen aufgeweckten Eindruck, obgleich dieser ab und an durch die Sorge um ihre Kameraden (und insbesondere um Will) überschattet wird.

In ihrer Jugend verliebte sie sich in Will Gray, als dieser eines Tages in ein Bauerndorf nahe Calabras kam und dort auf sie traf.

Rebecka Faris (25)

Rebecka Faris ist eine Feuermagierin, und eine sehr starke dazu. Sie hat hüftlanges rotbraunes Haar und feuerrote Augen. Über ihrer braunroten Tunika ruht ab und zu ein brauner Mantel.

In der Regel ist Rebecka eine sehr vernünftige Person. In der Kindheit wurde ihr Charakter bereits aufs Äußerste gehärtet, als sie versehentlich die halbe

Nachbarschaft zu Asche verbrannte. Grund hierfür war, dass man ihr sagte, ihr Vater sei bei einer Straßenrauferei ums Leben gekommen. Rebeckas Mutter starb bereits bei ihrer Geburt.

Ariagon Carduin (46)

Ariagon ist ein Gesteins- bzw. Erdmagier. Er ist äußerst muskulös und hat große kräftige Hände. Seine Haare sind braun und schulterlang. Fast immer sieht man ihn in einer eingedellten, kaum verzierten Rüstung auftreten. Dies dient wohl dem eigenen Training und der Abhärtung.
Ariagon ist ziemlich ernst und handelt wohlüberlegt. Er ist ein handfester Typ und versucht seine Emotionen nicht zu offen zu zeigen. Nichtsdestotrotz schwelgt er häufig in Erinnerungen an vergangene Tage und wird dann doch von der Nostalgie ergriffen.
Er erlangte seine magischen Kräfte, als seine Frau in den Gassen von Calabra ermordet wurde.

Darvon Dorian (36, sieht aber etwas älter aus)

Darvon ist ein Windmagier. Er hat einen Glatzkopf und einen wohlgenährten Bauch. Das weiße Hemd, das er sich in die Hose gestopft hat, verstärkt diese lustige Erscheinung nur und durch seine selbstironische und freundliche Art kann man Darvon wirklich lieb gewinnen.
Der Windmagier stirbt im Irrgarten durch einen Angriff des Dämons Ibal. Älos, sein ehemaliger Meister, ist wie ein Vater für ihn gewesen, den er nie gekannt hat.

Erea Haruki (18, hört aber nicht gerne, dass sie älter aussieht)

Erea ist eine Finsternismagierin. Im Irrgarten erlangt sie die legendäre Waffe Nummer drei, das Schwert der schwarzen Seelen. Sie hat kurzes, schulterlanges schwarzes Haar, ebenso schwarz wie ihre Augen, in denen man ab und zu einen lila Schimmer zu sehen glaubt. Sie trägt einen schwarzen, ledernen Umhang und schwarze Lederstiefel.

Erea macht häufig einen kaltherzigen Eindruck. Und man gewinnt schnell den Eindruck, dass der Durchschnittsmensch sie langweilt. Ersteres trifft aber nicht wirklich zu. Sie hat einen ausgeprägten Gerechtigkeitssinn. Erea ist etwas aggressiver und temperamentvoller als die anderen Magier. Als kleines Kind gaben ihre Eltern (Dirk Haruki und Selena Haruki, zwei Bauern, die nahe Ny-Azh-Naduurs lebten) sie an den jungen Windmagier Darvon ab, der Erea zur Octa brachte, wo die Eltern sie eher in Sicherheit vor den Rittern des dunklen Bundes glaubten als bei sich auf dem Bauernhof.

El Artren (110 Jahre)

El Artren ist ein Lichtmagier und ein Halbalb, heißt, er ist halb Mensch, halb Alb, was es nur sehr selten gibt. Anstelle einer schwachen Naturmagie, die den Alben für gewöhnlich innewohnt, beherrscht El Artren die Lichtmagie, was sich nur dadurch erklären lässt, dass es in der menschlichen Blutlinie seiner Vorfahren mal einen sehr starken (Licht-)magier gegeben haben muss. El Artren hat langes blondes Haar und helle graublaue

Augen. Er trägt stets einen weißen Mantel, der mit geschwungenen goldgelben Linien verziert ist. Darüber zieht er sich im Irrgarten eine grauweiße Müfflerfelljacke.

Er ist an sich ein ziemlich zurückhaltender Charakter und handelt wohlüberlegt. Insgeheim fürchtet er sich etwas vor Gefühlen. Er weiß nicht richtig mit ihnen umzugehen und zieht es vor, stets kühl und gelassen zu bleiben.

El Artren stirbt im Irrgarten durch den Stachel des Dämons Ibal.

So!

Das war erstmal eine grobe Zusammenfassung der acht eigentlichen Octamagier. (Wie man sieht, habe ich den Octamagiern wilde Namen verliehen, teils erfunden, teils aus den unterschiedlichsten Kulturen zusammengewürfelt. Jedoch darf man hier in keinerlei Hinsicht irgendwelche Parallelen zur realen Welt ziehen, ansonsten dürfte Haruki kein Nachname sein und „el" wäre das spanische Wort für „er").

Will Gray und Meister Älos fallen nicht darunter, da diese ja nicht dem inneren Zirkel angehören. Was sich über Will sagen lässt, ist nicht viel, abgesehen davon, dass seine Vergangenheit mit Adria Baldar verknüpft ist und sie sich bereits seit langem lieben. Dass er ein Jahr jünger und einen Hauch kleiner ist als sie, stört ihn kein bisschen.

Das wahre Mysterium ist eigentlich Meister Älos Cliff... Man weiß, dass er bereits in den nördlich gelegenen Landen war und einen der mächtigsten nichtrakomirischen Zauber erlernte.

Er war auch früher einmal mit drei Freunden im Irrgarten, von denen jedoch niemand überlebte, auch sein engster Freund Zal nicht. Weshalb Meister Älos geheim hielt, dass er Richards und Arnts Vater war, und welche Geheimnisse sich noch hinter Meister Älos verbergen, wird man wohl nie erfahren, nun, da er tot ist… oder doch?

So einige Fragen werden sich aufklären im nächsten Band, der zweiten Chronik von Wizzle: *Die Raelka-Schriftrolle*

Gez. Klaus Maria Müller-Hoberg